KB267847

R U N N E R
런너

FUSION FANTASTIC STORY
임영기 장편 소설

런너 2

임영기 장편 소설

초판 1쇄 찍은 날 § 2012년 2월 24일
초판 1쇄 펴낸 날 § 2012년 3월 2일

지은이 § 임영기
펴낸이 § 서경석

편집부장 § 권태완
편집 § 주소영

펴낸곳 § 도서출판 청어람
등록번호 § 제1081-1-89호
등록일자 § 1999. 5. 31
어람번호 § 제1-1346호

주소 § 경기도 부천시 원미구 심곡2동 163-2 서경B/D 3F (우) 420—822
전화 § 032-656-4452 팩스 § 032-656-4453
http://www.chungeoram.com
E-mail § chungeoram@chungeoram.com

ⓒ 임영기, 2012

ISBN 978-89-251-2791-0 04810
ISBN 978-89-251-2789-7 (세트)

시공을 달리는 자

RUNNER

FUSION FANTASTIC STORY

임영기 장편 소설

런너

도서출판
청어
람

CONTENTS

제11장

원룸

R U N N E R
런너

고방아는 꿈을 꾸었다.

그런데 현실처럼 너무나 생생해서 꿈이라는 생각이 조금도 들지 않았다.

꿈속에서는 아버지가 서너 살짜리 어린 그녀를 업고 무엇인가로부터 도망치고 있었다.

현실에서는 아버지가 서너 살짜리 어린 고방아를 업고 부산 해운대구의 보육원 무지개집에 데려다 주었는데, 꿈속에서는 전혀 다른 상황이 펼쳐졌다.

꿈속에서 아버지는 어린 고방아를 보호하기 위해서 죽을

힘을 다해 무언가로부터 도망치고 있었다.

그녀는 어린 마음에도 아버지가 자기를 보호하고 있으며 매우 사랑한다는 사실을 느꼈다.

그런데 아버지는 많이 다친 모습이었다. 그 상태로 온몸에서 피를 철철 흘리면서 도망치고 있었다.

꿈속에서의 어린 고방아는 그런 아버지가 걱정돼서 눈물을 흘리며 울부짖었다. 아버지가 죽을까 봐 걱정이 돼서 숨이 끊어질 것만 같았다.

그렇게 울부짖다가 고방아는 잠에서 깼다.

"……."

어둡지도 않고 환하지도 않은 부윰한 공간이 눈앞에 펼쳐졌다. 그런데 눈에 익은 곳이다. 고방아는 이곳이 자기가 살고 있는 원룸이라는 것을 즉시 깨달았다.

'꿈이었어?

꿈치고는 더러운 꿈이라는 생각이 들었다. 꿈속에서는 아버지가 걱정돼서 죽을 것 같았는데, 깨고 나니 기분이 더러워서 죽을 것 같았다.

그녀는 눈을 깜빡거리면서 한참 동안 그대로 누워 있었다. 천장이 보이는 것으로 미루어 그녀는 침대에 누워 있는 것 같았다.

눈동자를 조금 아래로 하자 벽에 걸린 시계가 보였다. 6시를 가리키고 있다.

'어떻게 된 거지?'

그녀는 부스스 상체를 일으키며 자기가 어째서 이곳에 누워 있는 것인지 생각해 보았다.

그런데 왠지 상체가 서늘했다. 마치 벌거벗고 있는 것 같은 느낌이라서 그녀는 고개를 숙이고 가슴을 내려다보았다.

그녀의 느낌이 맞았다. 덮고 있던 이불이 흘러내려서 아무것도 걸치지 않은 상태의 두 개의 풍만한 유방이 가볍게 출렁이고 있는 것이 보였다.

'아!'

그녀는 깜짝 놀라며 재빨리 주위를 둘러보았다.

그리고 그녀의 시선이 침대에서 두 걸음쯤 떨어진 바닥에 침대와 나란히 자고 있는 연달아에게서 멈췄다.

그는 옷을 입은 채 몸을 곧게 펴고 두 손을 가슴에 얹은 채 반듯한 자세로 곤히 잠든 모습이다.

'저 자식이?'

연달아가 자기를 발가벗겼을 것이고, 또 무슨 짓을 했을지도 모른다는 생각이 반사적으로 번쩍 들자 그녀는 순간적으로 이성을 잃었다.

더 이상 생각할 것도 없이 그녀는 침대에서 그대로 몸을 날렸다가 발뒤꿈치로 연달아의 가슴을 짓이겼다.

콱!

"으헉!"

자다가 졸지에 봉변을 당한 연달아가 가슴을 움켜잡고 벌떡 상체를 일으키고 있는데 이번에는 고방아의 발끝이 그의 턱을 강하게 걷어찼다.

빡!

"큭!"

옆으로 쓰러진 연달아의 옆구리를 향해 또다시 고방아의 발길질이 날아들었다.

태권도와 합기도, 유도, 특공무술 등을 합쳐서 도합 15단이 넘는 그녀가 불시에 마구잡이로 공격을 퍼붓자 마치 태풍이 몰아치는 것 같았다.

그녀는 이 눈부신 실력으로 숱한 범인과 범인이라고 오해한 사람들을 두들겨 패서 경찰계의 꼴통이라는 명예스럽지 못한 별명을 얻었다.

그러나 연달아는 세 대째는 맞지 않았다. 그는 이미 잠에서 깨어났다.

날아오는 고방아의 오른 발목을 재빨리 붙잡아서 앞으로 확 잡아당겼다.

쿵!

고방아는 엉덩방아를 찧으며 상체가 뒤로 벌렁 자빠졌으

나 포기하지 않고 왼발로 연달아의 얼굴을 걷어찼다.

고방아의 무술이 도합 15단이라고 해도 잠자고 있는 연달아를 급습할 수는 있지만 깨어 있는 그를 어떻게 하지는 못한다. 그는 고구려군 중에서도 단연 첫 손가락에 꼽히는 최고의 용사가 아니었던가.

콱!

연달아는 고방아의 왼발마저도 간단하게 잡아버렸다.

그런데도 고방아는 포기하지 않고 재빨리 상체를 일으키면서 주먹으로 연달아의 얼굴을 가격해 왔다.

탁!

연달아는 왼손으로 고방아의 두 발목을 한꺼번에 그러잡고 동시에 오른손으로 그녀의 공격해 오는 팔을 쳐올리며 손바닥으로 가슴을 눌러 뒤로 쓰러지게 했다.

이 일련의 연결 동작은 너무나 빠르고 정확해서 거의 동시에 일어난 것 같았다.

"윽!"

두 발목이 잡히고 가슴이 짓눌린 고방아는 바닥에 눕혀진 자세에서 어떻게 해서든 연달아를 때리려고 주먹 쥔 두 손을 마구 휘둘렀다.

휙! 휙!

하지만 그녀보다 키가 훨씬 크고 팔도 긴 연달아를 맞추지는 못하고 헛손질만 했다.

"이 자식! 이거 못 놔!"

고방아는 계속 주먹을 휘두르면서 씩씩거렸다. 그녀의 머릿속에는 자신이 벌거벗었다는 것과 연달아가 무슨 짓을 했을 것이라는 생각만 가득 들어찼다. 그래서 이 자식을 당장 죽여 버려야 한다고 생각했다.

하지만 연달아는 그 자세 그대로 아무 말도 하지 않고 그녀가 제풀에 지치기를 기다리며 물끄러미 바라보기만 했다.

고방아는 바보가 아니다. 아무리 주먹을 휘두르고 용을 써 봐도 꼼짝하지 못한다는 사실을 깨닫고는 두 팔을 늘어뜨리고 제 성질에 못 이겨서 가쁜 숨을 쌕쌕거리며 연달아를 죽일 듯이 노려보았다.

잠시 어색한 정적이 흘렀다. 고방아는 자기가 휘두른 발길질에 턱을 맞아 연달아의 입에서 피가 흐르는 것을 봤지만 동정심은 조금도 생기지 않았다.

그때 문득 고방아는 자기가 아직도 벌거벗은 상태라는 것과 연달아의 커다란 손이 가슴을 짓누르고 있다는 사실을 깨달았다.

급히 가슴을 보니 아니나 다를까, 연달아의 솥뚜껑만 한 손바닥이 그녀의 풍만한 가슴 두 개를 한꺼번에 짓누르고 있다.

그런데 다른 것도 보였다. 가슴 아래쪽에 그녀는 경찰 제복

바지를 그대로 입고 있었다. 혁대의 빈 권총집도 보였다. 그걸 보고 그녀는 연달아가 자신에게 몹쓸 짓을 하지는 않은 것 같다고 판단했다.

"이제 그만 손 치우지?"

조금 마음이 가라앉은 그녀는 눈을 착 내리깔고는 조용하게 말했다.

방금 전까지 연달아를 때리지 못해서 안달이 났을 때는 분을 이기지 못하더니, 지금 같은 상황에서는 빠르게 냉정을 찾아갔다.

하지만 사실은 냉정을 찾은 것이 아니라 분노를 억제하고 있을 뿐이다. 그녀는 정말 이해하기 어려운 성격의 소유자다.

연달아는 고방아를 놔주고 일어나 두 걸음 뒤로 물러났다.

슥―

하지만 그녀가 재차 공격할 것에 대해서는 전혀 대비를 하지 않았다. 때릴 테면 때려보라는 뜻이다.

고방아는 천천히 일어나서 그의 앞에 우뚝 섰다. 상체를 벌거벗은 상태지만 부끄러워하지도 위축된 모습도 아니다. 그 모습이 오히려 당당했다.

사실 지금 고방아는 수치스러움을 느끼고 있다. 하지만 이미 벌어진 일이고 이제 와서 허둥대면 그 꼴만 더 우습기 때문에 차분하게 행동하는 것이다.

그녀는 자기 성질을 누구보다도 잘 알고 있다. 만약 어떤 남자가 자신의 벗은 상체를 봤다면 무슨 일이 있어도 작살을 내고 말았을 것이다.

상대가 연달아라고 해도 달라질 것은 없다. 하지만 지금은 자기가 벌거벗은 상태고 또 힘으로 연달아를 이기지 못한다는 사실을 알았기 때문에 잠시 참고 있는 것뿐이다.

고구려의 가연공주 고방아는 한마디로 말해서 전형적인 요조숙녀였다.

청순하고 연약하며 싸움은커녕 벌레만 봐도 무서워서 연달아의 품속으로 뛰어드는 겁쟁이었다.

하지만 그녀는 연달아를 위해서라면 불구덩이 속이라도 뛰어들 만한 희생정신을 지녔었다.

그런 가연공주 고방아와 2012년 대한민국의 고방아의 성격은 완전히 하늘과 땅의 차이다.

하지만 두 사람 다 고방아다. 즉, 한 사람인 것이다. 연달아는 그렇게 믿고 있다.

고방아는 아무 말도 하지 않고 잠시 동안 연달아를 쏘아보더니 이윽고 서두르지 않고 그가 보는 앞에서 침대 바닥에 떨어져 있는 브래지어를 집어 들었다.

그런데 브래지어가 찢어져 있었다. 호크도 떨어져 나간 것으로 봐서 누군가 힘을 써서 억지로 잡아 뜯은 것 같았다.

그녀는 슬쩍 인상을 쓰면서 연달아를 쳐다보았다. 그가 브래지어를 찢은 것이라고 생각했다. 그가 아니면 그럴 사람이 없기 때문이다.

연달아는 조금 얼굴을 붉히며 어색한 표정을 지었다.

"치료를 하려는데 잘 벗겨지지 않았소. 미안하오."

"치료? 아!"

그 말을 듣고 고방아는 어떤 생각이 번쩍 났다.

'그래! 텐쿄오!'

그녀의 머릿속에서 갑자기 한꺼번에 어떤 상황들이 와르르 쏟아져 나왔다.

그녀가 텐쿄오와 함께 있던 사내에게 양쪽 어깨, 아니, 가슴 윗부분에 두 자루 비수를 맞았다는 사실이 가장 먼저 생각났다.

그때 고방아는 엘루자호텔에서 위협을 느끼고 텐쿄오에게 권총을 발사했는데, 어떻게 된 일인지 총알이 텐쿄오 얼굴 앞에 뚝 정지했다.

그리고 텐쿄오의 부하인 듯한 사내가 던진 비수가 고방아의 양쪽 가슴에 꽂혔다. 이어 그 사내가 그녀를 잡으려고 놀라운 속도로 달려왔다.

고방아는 어깨에 꽂힌 비수 때문에 전혀 힘을 쓰지 못해서 권총을 쏠 힘조차 없는 상태였다.

그런데 바로 그때 뒤쪽에서 나타난 연달아가 텐쵸오의 부하를 물리치면서 그녀를 안고 엘루자호텔 9층 창문을 깨고 뛰어내려서 도망쳤다.

그 이후 그녀는 연달아의 품에 안긴 상태에서 몇 마디 대화를 나누었던 것 같기도 하다. 하지만 무슨 내용이었는지는 전혀 기억나지 않았으며, 그다음부터는 아무것도 생각나지 않는다.

"아……."

그런 기억들이 한꺼번에 떠오르자 그녀는 놀란 얼굴로 자신의 가슴을 내려다보았다.

그런데 어찌 된 일인지 말짱했다. 상처는커녕 긁힌 흔적조차 없다. 언제나 봐왔던 희고 눈부신 풍만한 유방이 거기에 있었다.

"이게 어떻게……."

귀신에 홀린 것 같다. 아니, 어쩌면 어젯밤에 있었던 일이 꿈인지도 모른다.

애당초 텐쵸오 따윌 만나지도 않았고, 비수에 찔린 적도 없었던 것 같다.

하지만 그게 꿈일 리가 없다. 그 일은 정말로 있었던 일이다. 고방아는 지금도 텐쵸오의 그때 모습과 그녀가 했던 몇 마디 말을 생생하게 기억하고 있다.

그렇다면 가슴의 상처는 어찌 된 것이라는 말인가? 그때 문득 그녀는 방금 전에 연달아가 자기를 치료했다고 한 말이 생각났다.

그녀는 옷을 입을 생각조차 하지 못하고 꿈을 꾸는 듯한 얼굴로 연달아를 쳐다보았다.

"당신이 날 치료했어?"

거침없는 반말이다. 왜 그에게 반말을 하는 것인지 그녀 자신도 모른다.

연달아는 가볍게 고개를 끄덕였다.

"그렇소."

"어떻게 한 거지?"

고방아는 자기 가슴을 내려다보며 비수에 찔렸던 곳에 어떤 흔적조차도 남아 있지 않은 것을 다시 한 번 확인하면서 물었다.

"우선 옷부터 입으시오."

연달아가 일깨워 주자 고방아는 아픈 곳을 찔린 듯이 잠시 그를 노려보다가 브래지어를 하지 않고 그냥 얇은 티셔츠만 입었다.

그러고 나서 그녀는 연달아 앞에 우뚝 섰다. 설명해 보라는 뜻이다. 그녀는 두 번 말하는 것을 아주 싫어한다.

연달아는 손등으로 입가에서 흐르는 피를 닦으며 조용한

목소리로 말했다.

"말 그대로 내가 그대를 치료했소."

"어떻게 치료했기에 비수에 찔렸던 흔적조차 남지 않은 거지?"

"전능으로 치료했소."

"전능?"

고방아는 가볍게 눈살을 찌푸렸다. 그녀는 어제 병원 뒤뜰에서 연달아가 설명했던 말 중에서 낯선 사내에게서 '전능'이라는 것을 받았다는 내용을 기억해 냈다.

그 당시에는 당연히 개뿔 같은 소리라고 일축했었다. 그런데 연달아가 그것으로 고방아를 치료했다는 것이다.

그녀는 굳은 표정으로 연달아를 쏘아보았다. 하지만 연달아는 더 이상 설명하지 않고 침묵만 지키고 있다. 믿든 믿지 않든 나머지는 고방아의 몫이라고 무언중에 암시하는 것 같았다.

고방아는 연달아가 엘루자호텔 9층의 대형 창문을 깨고 아래로 뛰어내리는 것을 봤다.

아니, 그 당시의 그녀는 그의 품에 안겨 있었으므로 직접 체험했다는 표현이 맞다.

또한 텐쵸오가 자기 얼굴 앞에 멈춰 있던 총알을 슬쩍 손목만을 흔들어서 연달아에게 쏘아 보냈는데도 그는 총알에 맞지 않았다.

어떻게 된 일인지는 모르지만 그가 텐쿄오의 공격을 무위로 만든 것만은 분명하다.

그래서 고방아는 그런 세 가지를 뭉뚱그려서 '전능'이라는 것을 생각해 보았다.

그 세 가지는 모두 인간의 몸으로 행하기에는 불가능한 일이다.

그러나 연달아는 분명히 그것들을 했다. 또한 하나같이 고방아가 두 눈으로 목격한 광경이다.

그녀는 자기가 대단히 과학적인 사람이라고 생각한다. 하지만 연달아가 보여준 세 가지 상황은 모두 비과학적인 것뿐이다.

그래서 그녀는 자기가 지금껏 공부해 온 과학과 너무도 터무니없는 비과학적인 일 사이에서 고민하고 있다. 그런데 그 비과학적인 것들을 자신이 직접 목격하고 체험했다는 사실이 문제다.

그녀는 과학을 믿지만 자신의 눈을 더 믿는다. 그리고 지금은 연달아하고의 대화를 진전시키기 위해서 일단은 그것들을 믿는 쪽으로 가닥을 잡았다.

"좋아. 알았어. 이리 와서 앉아봐."

그녀는 두꺼운 커튼이 쳐져 있는 창가에 놓여 있는 탁자로 걸어가며 명령하듯이 말했다.

다리가 철제로 되어 있으며 윗부분이 동그랗고 조그만 탁자 양쪽에는 두 개의 의자가 놓여 있다.

하나는 등받이 없이 궁둥이만 걸칠 수 있는 간이의자고 또 다른 하나는 소파와 흔들의자를 합쳐 놓은 것처럼 생긴 편안하고 푹신한 것이다.

고방아는 자기가 푹신한 의자에 먼저 앉고 연달아가 맞은편 의자에 앉기를 기다렸다.

연달아는 탁자까지 서너 걸음 걸어가는 동안 슬쩍 실내를 둘러보았다.

아주 짧은 시간이지만 그는 단 한 번 슬쩍 보는 것만으로 실내의 구조와 어디에 무엇이 있는 것까지 세세하고도 완벽하게 파악했다. 이런 능력은 예전에는 없었던 것이다.

그가 실내를 둘러보고 느낀 점을 한마디로 설명하라면, 매우 좁고 지저분한 공간이라는 사실이었다.

“그건 믿는다 치고⋯⋯.”

연달아가 실내를 어떻게 여기건 말건 고방아는 맞은편에 앉은 연달아를 똑바로 주시하면서 잠깐 생각을 정리했다.

가장 먼저 떠오르는 것이 어젯밤에 텐쵸오가 고방아에게 했던 말이다.

“호오, 너는 머리 위에 런너의 예쁜 징후를 갖고 있구나. 그렇

다면 너는 광런너의 딸년인 고 씨 계집이로군. 네가 제 발로 내게
찾아오다니 이렇게 기쁜 일이 있나?"

　그중에서도 그 말이 제일 먼저 생각났다. 하지만 하나도 이
해할 수 없는 말뿐이다.
　"텐쵸오가 했던 말 중에서 들은 것 있어?"
　그녀는 의자에 깊숙이 몸을 묻고 두 발을 포개서 탁자에 얹
고는 손가락을 깍지 낀 건방진 자세로 물었다.
　"어떤 것 말이오?"
　고방아는 연달아가 뒤늦게 나타났으니까 텐쵸오의 말을
듣지 못했을 수도 있다고 생각했다.
　"아무 거라도."
　연달아는 흐트러진 자세인 고방아하고는 달리 허리를 곧
게 펴고 꼿꼿하게 앉아서 담담한 표정으로 말했다.
　"호오, 너는 머리 위에 런너의 예쁜 징후를 갖고 있구나.
그렇다면 너는 광런너의 딸년인 고 씨 계집이로군. 네가 제
발로 내게 찾아오다니 이렇게 기쁜 일이 있나… 라고 말한 것
을 들었소."
　"……."
　순간 고방아는 움찔 놀라며 등받이에서 등을 떼고 탁자에
서 발을 내리며 상체를 곧추세웠다.

　방금 연달아가 한 말은 어젯밤에 텐쵸오가 했던 말 그대로다. 토씨 하나 틀리지 않았다.

　그러나 그것보다 더 놀라운 사실은 연달아가 텐쵸오하고 똑같은 목소리로 말했다는 것이다.

　그래서 눈을 감고 들으면 마치 텐쵸오가 앞에서 말하는 듯한 착각이 들 정도다.

　어떻게 그럴 수가 있는지 고방아는 너무 놀라서 빤히 그를 쳐다보다가 중얼거렸다.

　"어떻게 한 거지? 방금 그거 다시 말해봐."

　그러자 연달아는 방금 전에 했던 말을 역시 토씨 하나 틀리지 않고 또 텐쵸오의 목소리를 그대로 재연했다.

　"잘못 들은 게 아냐."

　고방아는 중얼거리면서 이것이 바로 '전능'의 능력일지도 모른다고 생각했다.

　그러다가 그녀는 자기가 점점 연달아의 말을, 그리고 '전능'이라는 것을 믿어가고 있다는 사실을 깨달았다.

　그렇기는 하지만 어젯밤의 일이 도대체 무엇인지 조금도 이해할 수가 없어서 그녀는 답답하기 짝이 없었다.

　"그녀… 텐쵸오는 도대체 뭐야?"

　고방아는 눈살을 찌푸리면서 중얼거렸다. 그냥 답답해서 하는 혼잣말이다. 고구려에서 왔다는 연달아가 텐쵸오에 대해서 알 리가 없다.

"텐쵸오……."

그런데 연달아가 조용히 중얼거렸다.

고방아가 쳐다보자 연달아는 미간을 좁히면서 뭔가 골똘히 생각하는 듯한 표정을 지었다.

그러더니 마치 녹음기를 틀어놓은 것처럼 목소리의 높낮이 없이 말하기 시작했다.

"텐쵸오는 런너의 5수행자(隨行者) 중에 1수행자에 속하는 가디언(Guardian)으로 수호신(守護神)이라고도 하오."

고방아는 너무 놀라서 멍한 표정으로 연달아를 쳐다보았다.

연달아가 정말 고구려에서 왔다면 '가디언' 같은 영어를 알고 있을 리가 없다.

아니, 그것만 놀라운 게 아니다. 그가 하는 말 전체가 놀라움이다. 그리고 하나도 이해할 수가 없다.

"어… 떻게 그걸 아는 거지?"

"정자산 동굴에서 만난 남자가 내게 전해준 지식의 일부요."

사실 그는 고방아가 묻기 전에는 '텐쵸오'가 무엇인지 전혀 몰랐다.

아니, 그런 말을 생전 처음 들어보았다. 그런데 고방아가 '텐쵸오'에 대해서 물은 바로 그 순간 그것이 무엇인지 갑자기 알게 되었다.

　마치 예전부터 알고 있었던 것이 불현듯 생각난 것 같은 느낌이다.

　"런너가 뭐야?"

　고방아는 어젯밤에 텐쵸오가 자기에게 '런너의 징후' 니 '광런너의 딸' 이라고 했던 말이 생각났다.

　"런너는 전능자(全能者)를 가리키는 것이오."

　"전능자?"

　'전능자' 라는 것은 종교에서나 쓰는 말이라고 알고 있다. 말 그대로 무엇이든 할 수 있는 전능의 능력을 가진 신, 하나님이나 뭐 그런 뜻이다.

　고방아는 의문을 풀려고 하다가 머릿속이 더욱 복잡해졌다.

　딩동~ 딩동~

　그때 갑자기 문 쪽에서 벨소리가 들렸다.

　고방아는 움찔하며 문을 쏘아보았다. 이 원룸에 세 들어온 지 사흘밖에 되지 않기 때문에 그녀의 집을 알고 있는 사람은 아무도 없다. 그러니까 찾아올 사람이 없는 것은 당연하다.

　배달이나 택배가 올 리도 없다. 주문한 것도 없지만 이렇게 이른 아침에는 그런 것이 오지 않는다. 그렇다면 텐쵸오일지도 모른다고 직감했다.

　딩동~ 딩동~

　벨이 계속 울렸다. 고방아는 바짝 긴장해서 재빨리 실내를 둘러보며 권총을 찾아보았다.

텐쵸오에겐 권총이 무용지물이지만 지금은 그거라도 있어야 할 것 같았다.

그녀는 아까 브래지어가 놓여 있던 침대 옆의 바닥에 권총과 두 자루의 비수가 나란히 놓여 있는 것을 발견했다. 그것을 보면 연달아가 그녀를 바닥에서 치료를 하고 난 다음에 침대로 옮겨 눕혔다는 것을 짐작할 수 있다.

그녀는 재빨리 권총을 집어 들고 안전장치를 풀었는지 확인하면서 발뒤꿈치를 들고 고양이처럼 날렵하게 문으로 달려갔다.

그녀가 문 안쪽에 어깨를 기대고 연달아를 쳐다보자 그가 보이지 않았다.

의아한 표정으로 뒤돌아보니 그는 어느새 그녀의 뒤에 장승처럼 우뚝 서 있었다.

그의 그런 모습은 마치 그녀의 보호자 같았다. 또한 그녀는 그가 귀찮다는 생각이 전혀 들지 않았다. 아니, 오히려 조금 든든한 느낌마저 들었다. 왜 그런 느낌이 들었는지 지금은 이상하게 생각할 겨를이 없다.

이윽고 그녀는 바짝 긴장한 얼굴로 조심스럽게 문의 도어뷰에 한쪽 눈을 대고 밖을 내다보았다.

문밖에는 세 명의 건장한 남자가 모여 서 있었다. 그런데 맨 앞에서 벨을 누르고 있는 사람의 얼굴을 발견한 고방아는 맥이 풀리는 표정을 지었다.

그녀는 팽팽하게 긴장했던 표정을 풀면서 권총을 허리의 권총집에 찼다.

철컥! 끼이!

그녀는 자물쇠를 풀려고 하다가 자물쇠가 잠겨 있지 않고 그냥 현관문만 닫혀 있는 것을 깨달았다.

어젯밤에 연달아가 그냥 현관문만 닫은 것 같았다. 어쩌면 그는 자물쇠를 잠글 줄 모를지도 모른다는 생각이 얼핏 들었다.

어쨌든 그녀는 현관문을 바깥으로 밀며 열었다.

반쯤 열린 문을 문밖 맨 앞에 서 있던 남자가 잡고 활짝 열어젖혔다.

그 남자는 다름 아닌 강현욱, 강 형사였다. 그리고 뒤에는 다카하시와 겐스케가 나란히 서 있었다. 세 사람 모두 얼굴에 긴장하면서도 놀라는 기색이 역력했다.

강 형사는 고방아를 발견하자 마치 죽었다가 살아난 사람을 다시 만난 것처럼 기쁜 표정으로 소리쳤다.

"방아야!"

"강 선배……."

"무사하구나! 다행이다!"

강 형사는 금방이라도 고방아를 덥석 끌어안을 것 같은 표정으로 외치듯 말했다.

하지만 그는 자신이 고방아를 찾으러 밤을 꼬박 새워서 돌아다녔다는 말은 하지 않았다.

사실 그는 어젯밤에 텐쵸오를 체포하는 것보다도 고방아가 잘못됐을까 봐 걱정이 태산 같아서 모든 일을 제쳐 두고 그녀를 찾아 헤맸었다.

그러다가 결국 허탕을 치게 되자 강남경찰서에서 그녀의 주소를 알아내어 혹시나 하는 심정으로 여길 찾아온 것이다.

하지만 텐쵸오하고 싸우다가 감쪽같이 사라졌던 고방아가 버젓이 집에 있을 것이라고는 별로 기대하지 않았다.

"어떻게 된 거냐?"

"강 선배, 나는……."

고방아는 말을 흐렸다. 자초지종을 설명하자면 연달아에 대해서 설명해야 하고, 그러다 보면 아버지에 대해서도 말할 수밖에 없기 때문이다.

남에게 가족에 대해서 말하는 것은 싫다. 그녀를 보육원에 버리고 떠난 아버지에 대한 얘기를 그녀는 여태껏 누구에게도 해본 적이 없다.

게다가 확실하지도 않은 얘기다. 아무리 최고로 절친한 강 선배라고 해도 말하고 싶지 않았다.

그때 문득 강 형사의 시선이 고방아의 가슴으로 향했다. 그녀는 브래지어를 하지 않은데다 얇은 티셔츠만 걸쳤기 때문에 조그맣고 뾰족한 유두와 유방의 형태가 생생하게 그대로 내비쳤다.

강 형사는 보려고 해서 본 게 아니라 고방아의 가슴이 바로 눈앞에 있으니까 무심코 봤다가 당황해서 얼른 외면했다.

고방아는 가볍게 흠칫하며 팔짱을 껴서 가리면서 슬쩍 몸을 틀었다.

연달아에겐 벌거벗은 상체를 보여주기도 했는데, 강 형사에겐 티셔츠에 내비친 유두를 들킨 것이 몹시 어색했다.

그녀는 강 형사를 조금도 남자라고 생각하지 않지만, 그렇다고 자기가 여자라는 사실마저 아예 망각할 정도로 푼수 같은 행동은 하지 않았다.

잠시 어색한 침묵이 흘렀다. 고방아는 팔짱을 낀 채 문 앞에 서 있고, 그녀의 앞에 강 형사와 다카하시, 겐스케가 물끄러미 서 있다.

고방아는 자기네 집에 누가 찾아오는 것을 병적으로 싫어하고 또 방 안에 누굴 들여놓은 적도 없다.

예전에 그녀가 서울지방경찰청에 있을 때 그 근방에 있던 그녀의 오피스텔을 강 형사가 거의 반쯤은 우격다짐으로 집들이를 하라면서 쳐들어왔던 적이 있는데, 그때도 그녀는 강 형사를 끝끝내 들여놓지 않았다.

하지만 지금은 상황이 몹시 애매하다. 강 형사와 일행을 밖에 그냥 세워두는 것이 매우 몰인정하게 보이는 상황이다.

"들어와요."

이윽고 고방아는 마지못해서 옆으로 비켜섰다.

그녀의 성격을 제일 잘 안다고 자부하는 강 형사는 강제로 그녀의 집에 밀고 들어가는 것 같아서 찜찜했지만 얘기가 길어질 것 같아서 그냥 안으로 들어갔다.

그의 뒤를 따라서 다카하시와 겐스케가 일본인답게 예를 갖추며 들어왔다.

"실례하겠습니다."

안으로 들어선 강 형사 일행은 그제야 고방아 뒤에 장승처럼 서 있는 연달아를 발견하고는 움찔 놀랐다.

고방아 역시 연달아라는 존재를 잠시 잊고 있다가 뒤늦게 흠칫했다.

그가 안에 있다는 사실을 인지하고 있었다면 무슨 일이 있어도 강 형사 일행을 안으로 들이지 않았을 것이다. 괜한 오해를 살 수도 있기 때문이다.

그런데 얇은 티셔츠에 유두가 내비치는 바람에 그녀는 조금 당황하고 있어서 연달아의 존재를 깜빡 잊고 강 형사 일행을 들어오게 만들었다.

"아, 손님이 계셨군. 그런 줄도 모르고 실례했습니다."

　강 형사는 당황함을 감추려고 그답지 않게 조금 과장된 수선을 피웠다.

　그러나 연달아는 고방아 옆에 우뚝 서서 움직이지 않고 굳은 듯 엄숙한 표정을 짓고 있었다.

　그걸 보고 강 형사는 그가 자신들의 방문을 매우 언짢아한다고 생각했다.

　하지만 이왕 엎질러진 물이다. 이런 상황을 알았더라면 절대 들어오지 않았을 것이다.

　이렇게 이른 시간에 고방아의 집에 낯선 남자가 있다는 것은 그가 이곳에서 잤다는 뜻이고, 또 자세한 것은 구태여 설명을 하지 않아도 짐작할 수 있다.

　하지만 텐쵸오하고 싸우다가 홀연히 사라진 고방아가 자기 집에서 남자와 단둘이 즐기고 있었다는 것은 조금도 예상하지 못했던 의외의 일이다.

　고방아는 그녀다운 방식으로 밀고 나갔다. 즉, 변명 따위는 하지 않고 본론으로 들어가는 것이다.

　"여기 앉아요."

　그녀는 방바닥을 가리키며 자기가 먼저 아무 데나 앉았다.

제12장

깨어나는 지식

RUNNER
런너

    실내는 여자 혼자 사는 집답지 않게 너무나 지저분했다. 입었다가 벗어놓은 옷이 여기저기에 흩어져 있으며, 시켜서 먹은 피자 포장지와 인스턴트 음식의 빈껍데기, 나무젓가락 따위들이 구석에 잔뜩 쌓여 있었다. 강 형사의 환상이 여지없이 깨지는 순간이다.

    원룸은 직사각형으로 길쭉한데, 현관으로 들어서면 왼쪽에 싱크대가 있고, 그 옆에 작은 옷장과 화장실이, 싱크대 맞은편에 침대와 작은 냉장고, 책상, 각종 운동 기구들이 무질서하게 놓여 있고, 현관에서 마주 보이는 곳에 커튼이 쳐진

창이 있었다. 원룸 내부는 대략 10평 크기다.

고방아는 벗어놓은 옷, 즉 빨랫감을 발로 슥슥 밀어서 앉을 자리를 마련했다.

그 속에서 팬티와 브래지어 따위의 속옷도 보였으나 그녀는 전혀 개의치 않았다.

네 사람은 바닥에 책상다리를 하고 둥글게 둘러앉았으며, 연달아만 고방아 뒤쪽 옆에 따로 앉았다.

"방아, 어젯밤에는 어떻게 된 거야?"

"별로 할 얘기가 없어요."

강 형사가 잔뜩 궁금한 표정으로 묻자 고방아는 두 팔로 팔짱을 낀 채 어깨를 으쓱하며 대답했다.

그녀는 자기가 어젯밤의 일에 대해서 설명을 하지 않으면 강 형사 등이 순순히 돌아가지 않을 것이라고 짐작했다.

그렇다고 사실대로 말할 수도 없어서 잠시 가벼운 고민에 빠졌다.

그때 강 형사는 다카하시가 연달아를 뚫어지게 주시하고 있는 것을 발견했다. 다카하시는 마치 연달아가 누군지 아는 것 같은 표정이었다.

강 형사는 다시 연달아를 쳐다보다가 움찔 표정이 변했다. 그는 한동안 연달아를 이리저리 살피다가 비로소 그가 누군지 깨달았다.

강 형사와 다카하시는 연달아를 본 적이 없다. 즉, 생면부지의 초면이다.

하지만 강 형사와 다카하시, 겐스케는 연달아에 대한 애기를 어젯밤에 들은 적이 있다.

엘루자호텔 9층 복도에서 남자 종업원이 텐쵸오가 있는 객실에서 벌어진 광경을 목격했다. 그가 바로 목격자다.

고방아가 객실 문을 부수고 뛰어들었을 때 마침 복도에서 자기 일을 하고 있던 종업원은 객실 안을 본의 아니게 보게 되었던 것이다.

그 종업원의 증언에 의하면, 처음에 어떤 여경찰이 권총을 뽑아 쥐고 객실 문을 부수며 뛰어들었고, 객실에 있던 여자 손님과 여경찰이 잠시 무슨 대화를 나누더니 갑자기 여경찰이 여자 손님에게 권총을 발사했다.

그런데 여자 손님은 죽거나 다치지 않았고, 오히려 여자 손님과 함께 있던 남자 손님이 칼을 던져서 여경찰의 가슴에 맞췄으며, 칼을 던진 남자 손님이 여경찰을 잡으려고 할 때 객실 안으로 달려들어 간 제삼의 남자가 여경찰을 안고 창문을 깨며 밖으로 뛰어내렸다는 것이다.

그리고 그 직후에 여자 손님과 남자 손님이 잇달아서 창밖으로 뛰어내렸다고 했다.

그런데 종업원의 증언에 의하면 여경찰을 구한 제삼의 남자가 연달아의 모습과 일치했다.

아니, 종업원은 연달아의 모습을 자세히 보지 못했지만, 그가 1m 80㎝가 훨씬 넘는 장신에 붉은색과 아이보리색이 섞이고 등 쪽에 뉴욕양키즈라고 적힌 야구점퍼를 입고 있다고 했다.

그런데 지금 강 형사와 다카하시가 보고 있는 연달아는 1m 80㎝가 훨씬 넘는 장신에 붉은색과 아이보리색이 섞인 야구점퍼를 입고 있다.

등 쪽을 확인하지는 않았지만 틀림없이 뉴욕양키즈라는 영어가 새겨져 있을 것이라고 확신했다.

더구나 그는 고방아와 함께 있다. 그래서 그가 제삼의 남자라고 단정한 것이다.

고방아는 강 형사와 다카하시가 어째서 연달아를 주시하고 있는지 짐작했다.

어젯밤 엘루자호텔에서 그녀가 텐쵸오의 객실에 뛰어들었을 때 복도에 종업원이 한 명 있었다. 아마도 그 종업원이 그때의 상황을 기억하고 증언했을 것이다.

강 형사와 다카하시는 연달아가 누군지, 그리고 연달아가 고방아를 안고 엘루자호텔 객실 창밖으로 뛰어내린 후의 일이 궁금했다.

그중에서도 고방아를 안은 연달아가 9층에서 뛰어내리고

서도 어떻게 멀쩡할 수 있는지가 가장 궁금했다.

"방아, 어젯밤에 무슨 일이 있었는지 자세히 설명해 줄 수 있겠어?"

강 형사가 다시 똑같은 질문을 했다.

고방아는 난감했다. 강 형사가 사건에 대해서 대충 알고 묻는 것이기 때문에 더욱 그랬다. 그렇다고 침묵으로 일관할 수는 없을 것 같았다.

[귀찮아. 아무 말도 하고 싶지 않아.]

그런데 그때 고방아의 목소리가 연달아의 귀에 들렸다. 아니, 귀로 들린 것이 아니라 머릿속에서 조용하게 울렸다.

[이 사람들, 이제 그만 가줬으면 좋겠어.]

그런데 그녀의 말이 다시 또 들렸다. 연달아는 가볍게 놀라서 고방아의 뒷모습과 강 형사, 다카하시 등을 두루 쳐다보았다. 하지만 다른 사람들은 고방아의 말을 듣지 못한 것 같았다. 이상한 일이다.

그렇다면 연달아는 방금 고방아의 마음을 들은 것이다. 그녀가 입 밖으로 말하지 않고 마음속으로 생각한 것을 연달아 혼자만 들었다는 얘기다.

'이것도 전능의 능력인가?'

그래서 그렇게 생각할 수밖에 없었다.

결국 고방아는 입을 열었다.

"이 사람하고 나는 창에서 뛰어내린 직후에 기절했어요. 깨어나니까 주차장이더군요. 그래서 이 사람과 함께 집에 온 거예요. 그게 전부예요."

강 형사는 고방아가 거짓말을 하고 있다는 것을 직감했다. 사람이 9층에서 뛰어내리고서도 멀쩡할 수는 없다. 또한 뒤따라서 창문에서 뛰어내린 텐쵸오가 고방아와 연달아를 그냥 내버려 뒀을 리가 없다.

강 형사는 고방아가 거짓말을 병적으로 싫어한다는 사실을 잘 알고 있다.

그런 그녀가 이런 식으로 거짓말을 한다는 것은 어젯밤에 일어났던 사실을 말하고 싶지 않거나 말하지 못할 무슨 사정이 있다는 뜻일 것이다.

하지만 강 형사는 이대로 물러날 수가 없다. 반드시 텐쵸오를 찾아내야 하기 때문이다.

"방아야, 텐쵸오는 어디로 갔느냐?"

"모르겠어요. 깨어났을 때 텐쵸오는 보이지 않았어요."

그때 다카하시가 연달아에게 불쑥 물었다.

"당신은 사도(使徒)입니까?"

밑도 끝도 없는 질문에 고방아가 무슨 소리냐는 듯 연달아를 돌아보고 있는데, 그가 조용한 목소리로 대답했다.

"아니오."

　사실 연달아는 다카하시가 묻기 전에는 '사도'가 무엇인지 전혀 몰랐다.

　아까 고방아가 텐쵸오에 대해서 물었을 때처럼 다카하시가 '사도'에 대해서 물은 바로 그 순간 그것이 무엇인지 알게 되었다. 그 역시 예전부터 잘 알았던 것이 갑자기 생각난 듯한 느낌이다.

　"사도가 무엇인지 압니까?"

　"5수행자 중에 4수행자의 신분이오."

　아까 고방아가 말한 '텐쵸오'에 이어서 '사도'라는 말이 연달아의 머릿속 지식의 창고를 여는 열쇠 역할을 한 것이다.

　강 형사는 연달아하고 다카하시가 무슨 말을 주고받는 것인지 전혀 알아듣지 못했다.

　하지만 다카하시는 속으로 크게 놀라서 흥분을 억제하느라 잠시 침묵을 지켰다가 다시 연달아에게 물었다.

　"그렇다면 당신은 5수행자 중에 무엇입니까?"

　"아무것도 아니오."

　만약 다카하시가 '당신의 신분은 무엇입니까?'라고 물었다면 어쩌면 연달아의 대답은 달랐을지도 모른다.

　왜냐하면 그는 정말로 '5수행자'에 속하지 않으며, 지금은 지식의 창고가 열리는 와중이라서 자신을 통제해야 한다는 생각이 미처 들지 않은 상태다. 그래서 다카하시가 제대로 물었다면 대답을 했을 것이다.

"그러면 당신의 신분은 무엇입니까?"

다카하시가 재빨리 질문을 바꿨다.

"알 것 없소."

그런데 연달아는 대답을 거부했다.

지금 연달아는 빠른 속도로 진화(進化)하고 있다. 정자산 동굴 속에서 만난 사내가 연달아에게 전해준 지식의 일부분이 변화를 일으키고 있는 것이다.

머릿속 지식의 창고가 열렸을 때 진화가 시작되었다. 하지만 그것은 부분적인 진화일 뿐 아직 전체적으로 일어나고 있는 것은 아니다.

마치 지식의 창고를 넓은 정원에 비유한다면, 정원에 있는 수백 포기의 화초 중에 한 포기의 화초에만 물을 줘서 그 화초만 깨어나는 것 같은 이치다.

고방아의 첫 질문은 정원의 최초의 화초 한 포기에 물을 주는 역할을 했으며, 다카하시의 두 번째 질문은 정원의 두 번째 화초에 물을 주었다.

화초가 오랜 잠에서 화드득 깨어나고 있을 때 다카하시가 질문을 했기에 연달아는 경황 중에 대답을 했다.

하지만 방금 전 다카하시가 마지막 질문을 했을 때 화초는 완전히 깨어난 상태가 됐다.

더 이상 대답을 하면 안 된다고 연달아가 스스로 자각을 한 것이다.

그때 고방아가 일어섰다.

"출근해야 돼요."

어차피 그녀가 강남경찰서에 출근을 하면 어젯밤에 있었던 일에 대해서 자초지종을 털어놔야만 한다.

그렇더라도 연달아가 없는 곳에서는 대충 적당하게 둘러댈 수가 있다.

그러므로 지금은 강 형사나 다카하시에게서 연달아를 떼어놔야 한다고 판단했다.

연달아하고의 얘기는 이따가 퇴근 후에 집에 돌아와서 차분하게 다시 할 수 있을 것이다.

"그런데 방아, 너, 다친 곳은……."

강 형사는 따라서 일어나며 고방아의 어깨와 가슴 부위를 살펴보았다.

목격자는 여경찰이 칼 같은 것에 찔렸다고 말했다. 그런데 지금 고방아는 전혀 다친 것 같지 않았다.

"보시다시피."

고방아는 두 팔을 내리며 괜찮다는 제스처를 해 보였다. 그 바람에 그녀의 유두가 티셔츠에 내비치자 강 형사 일행은 얼른 고개를 돌렸다.

"옷 좀 갈아입어야겠어요."

고방아의 그 한마디에 강 형사 일행은 원룸 밖으로 내몰렸다.

"당신은 돌아서 있어."

실내에 단둘이 남게 되자 고방아는 연달아에게 그렇게 말하고는 옷장에서 주섬주섬 옷을 꺼냈다.

연달아가 돌아서 있는 동안 고방아는 입고 있던 옷을 모두 벗어 알몸이 된 후에 팬티와 브래지어를 하고, 흰색 남방과 물 빠진 청바지, 그리고 색 바랜 가죽점퍼를 입었다.

그러는 데 걸린 시간은 채 5분도 되지 않았다. 또한 그녀는 대충 머리카락을 손으로 쓸어 넘겨 가지런히 했으며, 화장은 커녕 세수조차 하지 않았다.

그리고 나서 자신의 모습을 거울에 비춰보려고 하던 그녀가 슬쩍 인상을 썼다.

연달아가 침대 옆 벽에 걸린 거울을 향해서 돌아서 있었기 때문이다.

즉, 그녀가 알몸이 되고 또 차례로 옷을 갈아입는 모습을 연달아가 처음부터 끝까지 다 본 것이다.

하지만 그것은 연달아 잘못이 아니다. 거울을 등지고 서 있는 그에게 돌아서라고 한 사람은 고방아였으니까.

고방아의 원룸 밖에서 기다리고 있는 강 형사와 다카하시
는 각기 다른 생각을 하고 있다.

강 형사는 고방아와 연달아의 관계에 대해서, 그리고 다카
하시는 연달아의 신분이 무엇인지 궁금했다.

다카하시는 연달아가 5수행자 중에서 '사도' 정도의 신분
일 것이라고 추측했었다.

그래야지만 그가 고방아를 안고 엘루자호텔 9층에서 뛰어
내리고서도 아무렇지 않은 것을 이해할 수 있기 때문이다.

그런데 뜻밖에도 연달아는 자기가 5수행자에 속해 있지 않
다고 대답했다.

다카하시는 그의 말을 믿는다. 왜냐하면 그다음에 신분이
무엇이냐는 질문을 했을 때 연달아가 '알 것 없다'고 일축했
기 때문이다.

그것은 연달아의 성격의 일면을 조금 보여주는 것이다. 일
단 그가 말을 하는 것은 진실이고, 말하기 싫은 것은 입을 다
문다는 것이다. 즉, 거짓말을 하기보다는 아예 말을 하지 않
는 성격이다.

다카하시는 고개를 갸웃거렸다. 연달아가 런너를 수호하
는 다섯 개의 신분, 즉 5수행자가 아니라면 어떻게 그런 놀라
운 능력을 발휘하는 것인가.

강 형사는 담배를 꺼내서 입에 물려다가 생각난 듯 다카하시에게 물었다.

"다카하시 씨, 그런데 5수행자나 사도, 그리고 런너가 무엇입니까?"

강 형사는 어젯밤 엘루자호텔에서부터 다카하시에게 궁금한 것이 있었으나 설명을 들을 만한 시간이나 여유가 없었다.

다카하시가 무슨 말을 하려고 할 때 고방아가 나오는 바람에 강 형사는 대답을 듣지 못했다.

고방아는 혼자 나왔다. 그녀는 나오기 전에 연달아에게 절대 밖에 나가지 말라고 일러두었다.

연달아는 한동안 우두커니 서 있었다.

그냥 서 있는 것이 아니라 조금 전에 고방아와 다카하시가 일깨워 준 묵인자와 5수행자에 대해서 머리에 떠오른 내용들을 정리하고 있었다.

그러나 그것들을 정리하는 데는 그리 오래 걸리지 않았다. 10분쯤 후에 정리가 끝났다.

그리고 그 지식이 정자산 동굴에서 만난 낯선 사내가 전해주었다는 사실을 깨닫게 되었다.

"내 눈을 봐라. 지금부터 내 지식을 너에게 전해주겠다."

낯선 사내는 그렇게 말했었다. 그가 전해준 지식이 잠들어 있다가 조금 전 고방아와 다카하시의 말에 의해서 부분적으로 깨어난 것이다.

그리고 또 동굴에서 만난 사내는 이렇게 덧붙였었다.

"눈을 감고 생각을 깊게 하면, 그리고 네가 필요할 때 내 지식이 보일 것이다."

그의 말은 꼭 고방아와 다카하시 같은 경우가 아니더라도 다른 방법으로, 즉 연달아가 생각을 깊게 하거나 또는 어떤 새로운 상황에 직면하여 무엇인가 필요하게 되면 낯선 사내가 전해준 지식이 저절로 드러날 것이라는 뜻이다.

하지만 지금은 조금 전에 고방아와 다카하시 덕분에 깨어난 지식만으로도 그것들이 너무 새롭고 또 방대해서 연달아의 머리가 터질 지경이다.

그런데 그는 새로운 지식이 머릿속에서 정리되어 가는 과정에 한 가지 중요한 사실을 알게 되었다.

바로 정자산 동굴에서 만난 낯선 사내가 누구인지 알게 된 것이다.

그 사내는 놀랍게도 연달아가 충성을 맹세하고 또 목숨을 바쳐서 모셨던 고구려의 황제 보장태왕이었다.

정자산 동굴에서 만난 낯선 사내는 이상한 옷차림이었고 또 짧은 머리에 매우 젊은 모습이어서 연달아는 그의 진정한 신분을 알아보지 못했던 것이다.

처음에 그를 보았을 때 어디선가 본 듯한 모습이었다고 생각했는데, 이제 생각해 보니 그는 젊은 시절의 보장태왕이었다.

연달아는 50세가 넘은 보장태왕을 주로 봐왔기 때문에 그의 젊은 시절 모습은 기억에 없다.

"아, 그분이 황제셨다니……."

그는 깊은 후회가 일었다. 보장태왕을 눈앞에서 뵙고도 알아보지 못했으니 그런 불충이 어디에 있다는 말인가.

그런데 정말 이상한 일이다. 보장태왕께선 평양성이 함락되어 당나라에 끌려가셨다고 들었는데 어째서 정자산 벼랑의 동굴에서 연달아를 기다리고 계셨는지 모를 일이다. 더구나 심장에 연달아의 전능을 꽂은 채로 말이다.

딩동~ 딩동~

그런데 그때 현관에서 벨이 울렸다. 퍼뜩 생각에서 깨어난 연달아는 아까 강 형사가 왔을 때처럼 누가 찾아왔다는 것을 깨달았다.

연달아는 즉시 현관문으로 다가가서 아까 고방아가 했던

것처럼 도어뷰에 한쪽 눈을 갖다 댔다.

그러자 문밖에 누군가 서 있는 모습이 보였다. 그런데 얼굴이 몹시 크고 길쭉하며 이마가 툭 튀어나온 괴이한 모습의 사람이었다. 도어뷰의 볼록렌즈로 보기 때문이다.

쿵쿵쿵!

"안에 누구 있어요? 달아 오빠! 안에 있어요?"

그런데 그 괴이하게 생긴 사람이 문을 세차게 두드리면서 소리쳤다.

연달아는 그 목소리가 아랑이라는 것을 즉시 알아차렸다.

"랑이냐?"

"오빠! 여기에 계셨군요? 저 랑이에요! 문 좀 열어주세요!"

연달아의 말에 문밖에서 아랑이 크게 기뻐하며 더 큰 소리로 외쳤다.

그런데 연달아가 손잡이를 잡고 문을 밀었으나 꼼짝도 하지 않았다. 고방아가 밖에서 문을 잠그고 갔기 때문이다.

아랑은 연달아가 자물쇠를 열지 못하는 것이라 여기고 어떻게 해야 자물쇠를 열 수 있는지 가르쳐 주었다.

철컥!

드디어 문이 열리자 아랑이 울먹거리면서 서 있었다. 그런데 병원에서 봤을 때와는 많이 달라진 모습이다. 그때보다 훨씬 더 예뻤다.

화사하게 엷은 화장을 하고 환자복 대신 예쁜 옷을 입었기 때문이다.

파스텔 톤의 오렌지색 고급스러운 티셔츠와 무릎 위까지 올라온 짧은 주름치마에 앙증맞은 노란 가방을 어깨에 가로질러서 메고 있는 모습이 매우 잘 어울렸다.

아랑은 연달아를 발견하고는 와락 울음을 터뜨리며 그에게 달려들면서 안겼다.

"으앙! 오빠가 갑자기 병원에서 사라져서 제가 얼마나 걱정했는지 알아요?"

아랑은 160㎝ 정도로 아담한 체구라서 머리가 연달아의 어깨밖에 차지 않았다. 또한 어깨가 좁고 가냘픈 체구여서 연달아에 비해 절반도 안 될 듯한 몸이다.

그가 허리를 굽히며 팔을 내밀자 아랑은 어린 딸이 아빠에게 안기듯 그의 목을 끌어안고 매달리면서 뺨을 비비며 울었다.

"엉엉! 오빠, 왜 여기에 있는 거예요? 제가 걱정되지도 않았어요? 저는 오빠 때문에 한숨도 못 잤는데… 흑흑!"

아랑이 흐느껴 울며 얼굴을 비벼대는 바람에 연달아의 얼굴까지도 눈물로 흠뻑 젖었다.

연달아는 문밖에 아랑의 엄마 서유라가 미소를 지으며 서 있는 것을 발견했다.

그는 한 손으로 아랑의 궁둥이를 받쳐서 안고 서유라를 들어오게 한 다음에 문을 닫았다.

서유라는 실내를 둘러보더니 어이없다는 표정을 지으며 살짝 눈살을 찌푸렸다.

방 안이 너무 좁고 난장판으로 어질러져 있어서 노숙자가 사는 곳 같았기 때문이다.

어디 앉을 곳이 마땅치 않아서 연달아는 아랑을 안은 채 침대에 걸터앉았고, 서유라는 옆에 다소곳이 앉았다.

"연달아 씨, 어떻게 된 일이에요? 무슨 일 있었어요?"

서유라가 의아한 표정으로 묻자 연달아는 그냥 빙그레 미소만 지었다.

서유라는 연달아의 신분에 대해서 아랑에게서 아무 말도 듣지 못했다. 다만 병원에서 밤새 꼬박 연달아가 돌아오기만을 기다리던 아랑이 동이 트자마자 서유라를 재촉해서 이곳으로 달려온 것이다.

아랑은 최선아가 알아낸 연달아의 주소를 적은 메모지를 갖고 있었다.

그래서 그것을 유일한 단서로 삼고 이곳에 연달아가 있을지도 모른다고 짐작했다.

서유라는 10분쯤 앉아 있다가 급한 볼일이 있다면서 아랑을 남겨두고 고방아의 원룸을 떠났다.

아랑은 방에 들어온 이후 한시도 연달아에게서 떨어지지 않았다.

침대에 앉은 그의 허벅지에 다리를 벌리고 마주 보는 자세로 앉아서 두 팔로 그의 허리를 꼭 안은 채 어깨에 뺨을 기대고 있다.

그녀는 그렇게 꼭 붙어 있는 자세가 세상에서 제일 편한 듯한 표정을 짓고 있었다.

그리고 또 그렇게 하고 있어야지만 연달아가 아무 데도 가지 않을 것 같은 심정이었다.

아랑은 연달아에게 무슨 일이 있었느냐고 한 번 묻고 그가 별일 아니라며 대수롭지 않게 대답하자 그때부터는 어제의 일에 대해서는 더 이상 묻지 않았다. 그녀는 그저 연달아만 옆에 있으면 더 바랄 것이 없었다.

"그런데 왜 휴대폰이 안 되는 거죠?"

아랑은 제 손으로 연달아의 야구점퍼 안주머니를 뒤져서 휴대폰을 꺼내며 궁금한 듯 물었다.

그러더니 휴대폰이 꺼져 있는 것을 발견하고는 이리저리 만져보더니 귀엽게 얼굴을 찌푸렸다.

"아유! 배터리가 다 됐잖아요."

"배터리가 뭐냐?"

"배터리라는 것은요."

아랑은 휴대폰의 배터리에 대해서 자세히 설명해 주면서 목에 가로질러서 메고 있는 깜찍한 가방을 열어서 여분의 배터리와 충전기를 꺼냈다.

찰칵!

"배터리는 이렇게 빼고 이렇게 갈아 끼우는 거예요."

그녀는 바닥으로 폴짝 뛰어내려서 이리저리 둘러보다가 침대 머리맡에 있는 콘센트를 찾아내고는 그곳에 충전기를 꽂고 이어 방전된 배터리를 거기에 꽂았다.

"이 콘센트에서 전기가 나오는데 그것을 배터리에 충전시키려면 이렇게 충전기를 꽂아야 해요."

"전기?"

아랑이 하는 말을 듣고는 연달아의 지식 창고가 열리지 않았다.

그렇다는 것은 낯선 사내, 아니, 보장태왕이 그런 것에 대한 지식은 전해주지 않은 듯했다.

아랑은 다시 연달아에게 안긴 다음에 전기가 어떤 방법으로 만들어지고 또 어떻게 사용되는지에 대해서 자기가 아는 범위 내에서 자세히 설명해 주었다.

"전기라는 것은 정말 대단하구나."

"그럼요. 현대 사회에서 전기가 없으면 모든 것이 마비되고 말 거예요. 저기로 가봐요."

아랑은 침대 옆 벽에 있는 나지막한 작은 냉장고를 가리켰다. 그녀는 연달아에게서 떨어지기 싫어서 그가 직접 움직여 주기를 원했다.

"이것은 냉장고라고 하는데 역시 전기를 사용해요. 음식물이 상하지 않도록 차게 해서 오래 보관하거나 얼리는 기능을 해요."

"냉장고라……."

"열어봐요."

척!

연달아가 허리를 굽히고 냉장고를 열자 퀴퀴한 냄새가 쏟아져 나왔다.

아랑은 흡사 코알라새끼가 어미에게 매달린 것 같은 자세로 냉장고 안을 살펴보며 콧등을 찡긋거렸다.

"아유, 냄새."

냉장고 안에는 피자 조각과 몇 가지 먹던 것들이 들어 있는데 상해서 악취가 진동했다. 그리고 그 외에는 맥주 캔과 물병이 가득했다.

아랑은 이어서 벽에 걸린 TV와 책상 위에 있는 컴퓨터 사용법에 대해서 설명해 주었다.

특히 그녀는 컴퓨터로 알고 싶은 것들을 검색하는 방법을 가르쳐 주고는, 연달아에게 인터넷 메일 계정을 만들어주었다.

"이렇게 하면 이메일로 저하고 편지도 주고받을 수 있어요. 그러기 위해서는 오빠가 빨리 한글을 숙달시켜야 해요."

"한자를 쓸 수는 없는 것이냐?"

"할 수 있어요. 자, 한글을 쓴 다음에 커서를 거기에 놓고 이렇게 한자로 변형하면 되는 거죠."

"그렇구나. 하지만 이것도 한글을 알아야 하는군."

"네. 대한민국 사람이 한글을 모르면 아무것도 할 수 없어요. 필수예요."

아랑은 자기가 직접 연달아에게 메일을 보내고는 이어서 연달아가 직접 메일을 열어보게 했다.

"봐요. 제가 방금 보낸 메일이 도착했죠? 뭐라고 적혀 있는지 한번 오빠가 읽어봐요."

연달아는 메일의 깨알 같은 글씨를 더듬거리며 읽었다.

"오… 빠… 사… 랑… 해… 요."

"헤헷! 맞았어요!"

아랑은 쑥스러운지 그의 등을 꼭 끌어안으며 가슴에 얼굴을 비볐다.

다시 침대로 돌아오고 나서 아랑은 연달아에게 그의 휴대폰을 건네주었다.

"0을 눌러보세요, 길게."

연달아가 시키는 대로 0을 길게 누르자 갑자기 휴대폰에서 노래가 흘러나왔다.

아침에 눈을 뜨면
쏟아지는 햇살보다도 먼저
당신을 느끼네.
아침에 눈을 뜨면
가을의 차가운 공기보다도 먼저
당신을 만져보네.

"제 노래예요."
아랑은 혀를 쏙 내밀고 나서 자기 휴대폰의 통화를 누르고 귀에 댔다.
"오빠예요?"
그러면서 그녀는 연달아의 휴대폰을 그의 귀에 대주었다. 그러자 놀랍게도 그녀의 말이 휴대폰에서 흘러나왔다.
"제 말 잘 들리죠?"
"그래."
연달아는 신기해서 그녀를 보고 말했다.
아랑은 휴대폰을 어떻게 귀와 입에 대는지 자세를 잡아주었다.

"휴대폰에 대고 말하세요."

"잘 들려."

아랑은 연달아의 품에서 벗어나 쪼르르 화장실로 달려가더니 문을 닫고는 잠시 후에 나와 다시 그의 품에 안겼다.

"제가 방금 뭐라고 말했어요?"

"사랑해."

"저두요."

그러면서 그녀는 또 연달아를 꼭 안았다.

연달아는 신기한 표정으로 휴대폰을 이리저리 살펴보다가 궁금한 듯 물었다.

"이런 것, 고방아도 갖고 있을까?"

"물론이에요. 대한민국에서는 초등학생도 갖고 있는 걸요?"

"고방아에겐 어떻게 하지?"

아랑은 아무 말도 하지 않고 입술을 삐죽거렸다. 질투를 느끼고 있는 것이다.

하지만 연달아가 자기를 물끄러미 바라보고 있자 그녀는 마지못해서 그의 휴대폰을 건네받고는 시무룩하게 물었다.

"고방아 씨 핸펀 번호 아세요?"

"핸펀 번호가 뭐지?"

"아, 휴대폰을 핸펀이라고 하는 거예요. 그리고 원하는 사람에게 전화를 하려면 그 사람의 번호가 있어야 해요.”

아랑은 주머니 속의 메모지에 고방아의 휴대폰 번호가 있지만 괜히 트집을 잡느라 그에게 물었다.

“응. 고방아 핸펀 번호는 010—5411—24XX였던 것 같아.”

아랑은 그의 기억력이 놀랍도록 뛰어난 것에 괜히 심통이 난 얼굴로 휴대폰에 그녀의 번호를 입력했다.

“1번으로 해줘.”

“칫!”

아랑은 고방아의 휴대폰 번호를 1000번으로 하려다가 조그맣고 빨간 입술을 삐죽거리며 1번으로 입력시켜 주었다.

“자요.”

연달아는 휴대폰을 받자마자 1번을 길게 누르고 귀에 갖다 댔다.

따르르릉!

그런데 아랑처럼 노래가 아니라 종소리가 울렸다.

“고방아입니다.”

잠시 후에 종소리가 멈추더니 저 너머에서 여자의 목소리가 들렸다.

실제 고방아의 목소리하고 어딘지 조금 다른 것 같았지만 고방아가 분명했다.

아랑은 대답하라는 듯 입술을 쫑긋거렸다.

“연달아요.”

그가 전화를 할 줄 예상하지 못했는지 고방아는 잠시 가만히 있다가 물었다.

“왜? 무슨 일 있어?”

“무슨 일 있으면 내게 연락하시오. 내 핸편 번호는…….”

“핸편?”

“핸편 번호는…….”

“알아.”

“어떻게……?”

“끊어.”

뚝.

연달아는 의아한 얼굴로 중얼거렸다.

“나는 핸편 번호 가르쳐 주지 않았는데…….”

아랑은 쿡쿡 웃으면서 자기 휴대폰을 보여주었다.

“아까 오빠가 저한테 전화했지요? 그러면 여기에 오빠 핸편 번호가 떠요. 자, 봐요.”

아랑의 휴대폰에는 연달아의 휴대폰 번호가 나와 있었다. 그의 휴대폰 번호는 010—5858—35XX다. 아랑이 오빠를 사모한다는 뜻이지만 그가 그런 것을 알 리 없다.

“음, 그렇구나.”

“오빠, 배 안 고파요? 우리 나가서 뭐 좀 먹어요.”

"나가서?"

"네. 어서 가요."

아랑은 바닥에 내려서서 연달아의 손을 잡아끌었다.

"밖에는 나가보지 않았는데……."

그가 조금 주저하자 아랑이 입술을 삐죽거렸다. 그러는 것
이 그녀의 버릇인 것 같은데 몹시 예쁘고 귀여워서 깨물어주
고 싶을 정도다.

"그럼 어제 병원에서 여기까지는 어떻게 왔어요?"

"어제?"

연달아는 어제 병원에서 고방아를 따라 나왔다가 그녀가
오토바이를 타고 달리는 것을 뛰어서 뒤쫓아 엘루자호텔까지
갔고, 또 그녀를 안고 이곳까지 왔다.

하지만 그때는 경황 중이었고 또 밤이라서 주변을 살필 겨
를도 없고 하여 어떻게 여기까지 왔는지 몰랐다.

아랑은 연달아의 휴대폰에 줄을 연결해서 그의 목에 걸어
주었다.

"자, 이렇게 하면 잃어버릴 염려가 없어요."

"좀 씻어야겠는데……."

연달아는 실내를 두리번거렸다. 고구려에서 이곳으로 온
이후 그는 목욕은커녕 세수조차 하지 못했다.

"이리 오세요."

아랑은 연달아의 손을 잡고 화장실로 이끌었다.

화장실과 욕실을 겸하고 있는 그곳은 대부분의 원룸들이 그렇듯이 매우 좁았다. 변기와 세면대, 그리고 샤워부스가 전부였다.

아랑은 이것저것 자세히 가르쳐 주고 나서 눈을 반짝이며 연달아를 바라보았다.

"같이 목욕할까요?"

연달아는 아무 말도 하지 않고 그녀를 화장실 밖으로 내쫓은 다음 옷을 다 벗고 샤워를 했다.

아랑은 처음 보는 순간온수기가 무엇인지 몰랐기 때문에 샤워기에서는 찬물이 쏟아졌다. 하지만 연달아는 개의치 않고 찬물로 샤워를 하고 아랑이 가르쳐 준 샴푸로 머리를 감았으며 비누로 세수까지 마쳤다.

그러나 면도를 하지 않아서 코밑과 입 주변, 턱에 거뭇거뭇하게 수염이 자란 모습이다.

연달아는 실내를 한차례 둘러보다가 침대 아래 바닥에 있는 두 자루 비수를 집어 안주머니에 넣고는 아랑을 따라서 밖으로 나갔다.

제13장

위기일발

RUNNER
런너

두 사람이 원룸에서 나오자 입구에 주차해 있던 어떤 차 운전석에서 아랑의 매니저 미스 리가 나왔다.

"언니, 우리 맛있는 것 먹으러 갈 거예요."

"안녕하세요."

매니저는 연달아를 보고 반가운 듯 수줍은 얼굴로 꾸벅 허리를 굽혔다.

"달아 오빠, 제 매니저 언니 알죠? 이름은 이하연인데 그냥 미스 리라고 부르면 돼요."

척!

"타세요."

아랑은 직접 차문을 열어주었다.

연달아는 병원 창문에서 내려다보았던 게딱지를 가까이에서 처음 보게 되어 신기한 듯 이리저리 구경했다.

아랑은 그의 팔짱을 끼고 방글방글 미소 지으면서 짙은 회색의 자기 차에 대해서 설명했다.

"이것은 자동차라고 해요. 일종의 마차 같은 것인데 말이 끌지 않을 뿐이에요."

"그럼 이것도 전기로 가나?"

"전기로 가는 것도 있긴 한데 이 차는 휘발유로 가요."

"휘발유?"

"휘발유에 대해서는 차에 타서 설명해 줄게요."

아랑은 원룸 주변 길가에 주차되어 있는 차들을 가리키고 나서 자기 차를 가리켰다.

"사람들은 일반적으로 저런 차를 타요. 하지만 저는 일 때문에 스타크래프트라는 밴을 타고 있어요."

"스타크래프트……."

밴에 타고 나서 아랑은 차를 출발시키고 있는 미스 리 이하연에게 말했다.

"언니, 사람들이 많지 않은 맛있는 집 어디 없을까?"

"맡겨둬."

밴이 움직이고 있는 동안 연달아는 신기한 듯 실내를 두리 번거리면서 구경하느라 여념이 없다.

옆자리에 앉은 아랑은 그가 쳐다보는 것마다 일일이 설명을 해주었다.

"여길 눕히면 침대가 되고요, 이건 냉장고, 저건 AV시스템, 그리고 이렇게 하면……."

두두두두.

좌석에 앉아 있던 연달아는 갑자기 누군가 자신의 등을 마구 두드리자 깜짝 놀라서 상체를 돌리며 반격할 태세를 갖추었다.

"아하하하하! 그럴 줄 알았어요!"

그 모습을 보고 아랑은 재미있다는 듯 숨이 넘어갈 것처럼 웃어댔다.

"깔깔깔! 이건 안마 기능이에요. 이렇게 가만히 등을 기대고 있어봐요."

두두두두두—

연달아가 시트에 등을 기대자 그리 세지 않은 주먹질이 그의 등과 어깨, 허리를 골고루 두들겼다.

"시원하구나."

"거봐요. 눈을 감고 편안하게 있어요."

연달아는 아랑이 시키는 대로 했다. 그러자 온몸이 노곤하면서 피로가 풀리는 것 같았다.

아랑은 안마가 끝나기를 기다렸다가 전동으로 그의 시트를 뒤로 약간 눕히고는 얼른 그의 몸 위로 올라가 그의 가슴에 등을 대고 누웠다.

그녀는 병원에서 연달아가 두 번이나 치료를 하면서 자기를 꼭 안아준 이후부터는 그와 잠깐이라도 떨어져 있으면 몹시 불안해서 어쩔 줄을 모르게 되었다. 그녀는 연달아가 생명줄처럼 여겨졌다.

연달아도 아랑이 그러는 것이 귀찮지 않았다. 오히려 살붙이처럼 구는 그녀가 마냥 귀여웠다.

연달아가 아랑의 목숨을 구했다면, 아랑은 그에게 정말 많은 것을 가르쳐 주고 있다. 만약 아랑이 없었으면 어떻게 되었을까 싶을 정도다.

아마 지금 이 두 사람의 *끈끈하고도* 미묘한 관계를 설명할 수 있는 사람은 그들 자신밖에 없을 것이다.

아랑은 연달아의 두 손을 잡아 앞으로 해서 자신의 봉긋한 가슴에 얹고 자기 손을 그 위에 덮듯이 포개고는 편안한 표정으로 그의 어깨에 머리를 기댔다.

"참! 이거 갖고 왔어요."

아랑이 뒷좌석에 놓여 있는 헝겊에 싼 길쭉한 물건을 집으려고 연달아의 몸에 자신의 몸을 잔뜩 밀착시키면서 손을 뻗었다.

연달아는 그녀가 잘 잡을 수 있도록 궁둥이를 잡고 몸을 들어 올려주었다. 그러자 그의 얼굴 앞에 노란 바탕에 빨간 딸기가 그려진 팬티가 보였다. 딸기에서는 정말 딸기 냄새가 나는 것 같았다.

아랑이 집어준 물건은 연달아가 병원에 두고 온 환두대도다. 고구려의 전신이며 요동맹호의 분신 같은 무기다.

연달아는 환두대도를 받아 한번 쓰다듬어 보고는 옆에 세워두었다.

스르르.

그러고 나서 아랑이 시트 옆에 부착된 어떤 스위치를 누르자 연달아 왼쪽의 창문을 가린 블라인드가 저절로 천천히 걷어졌다.

실내가 환해지면서 바깥의 광경이 한눈에 들어오자 연달아는 눈을 크게 뜨고 내다보았다.

아랑은 연달아의 몸이 세상에서 제일 편안한 침대인 것처럼 몹시 편안한 표정으로 창밖의 이것저것을 가리키면서 설명해 주었다.

매니저 이하연은 운전을 하면서 룸미러로 힐끗 뒤의 두 사람을 쳐다보고는 빙그레 미소 지었다.

그녀가 보기에 두 사람의 모습은 마치 다정한 큰오빠와 철

부지 막내여동생 같기도 하고 연인 같기도 했다.

서유라가 그렇듯이 이하연도 연달아가 누군지 몹시 궁금하지만 억지로 알아내려는 욕심은 부리고 싶지 않았다.

그녀들에게 누구보다 소중한 아랑의 불치병을 연달아가 완치시켜서 목숨을 구해주었으면 그것으로 족하다고 생각한다. 그것만으로도 연달아는 넘치도록 고마운 사람이다.

"랑아, 저 강은 뭐지?"

밴이 88올림픽도로로 들어서자 연달아는 왼쪽으로 펼쳐지는 도도한 물줄기의 한강을 가리키며 물었다.

"한강이에요."

"한강?"

"음, 옛날 이름은 아리수(阿利水)라고 알고 있어요."

"아······."

연달아는 낮은 탄성을 터뜨리며 상체를 약간 세웠다.

"저것이 아리수라고······."

아랑은 옆으로 몸을 틀어 그의 얼굴을 쳐다보았다. 그의 눈은 촉촉하게 젖어서 어떤 짙은 그리움에 물들었다.

그녀가 학교에서 배운 바로는, 아리수는 고구려 때의 한강의 이름이다. '아리'는 크다는 뜻이고, '수'는 물이다. 즉, '큰물'인 것이다. 광개토대왕비에 '아리수'라는 지명이 새겨져 있었다고 한다.

“예전에 아리수에 와봤어요?”

“아버지와 함께 두 차례 와봤다. 아차산성을 공격한 백제 군을 몰아냈었지.”

아랑이 궁금한 듯 묻자 연달아는 추억에 잠긴 듯이 고즈넉이 대답했다.

연달아의 아버지라면 연개소문이다. 아랑은 그가 아버지를 그리워하고 있는 것이라고 생각했다.

“저기가 아차산이에요. 그 위에 산성이 있다고 배웠어요.”

연달아는 아랑이 가리키는 한강 건너 워커힐호텔 뒤쪽에 그리 높지 않지만 한강 상류 쪽으로 길게 눕듯이 뻗어 있는 산을 바라보았다.

“아차산은 예전 그대로구나. 주변이 많이 변한 같긴 하지만.”

이하연은 시내를 벗어난 미사리의 어느 조용하고 아담한 한식당 안으로 밴을 몰고 들어갔다.

“어머? 아랑 씨 아니세요?”

“맞아! 와아! 아랑 씨야! TV에서 봤을 때보다 실물이 훨씬 더 예뻐!”

그런데 입구에서 일행을 맞이하던 젊은 여자 종업원들이 아랑을 보더니 크게 놀라서 환호성을 터뜨리며 떠들어댔다.

어디에서나 사람들은 그녀를 보기만 하면 아우성치면서 달려들지만 그녀는 그것이 도저히 익숙해지지 않았다.

그녀는 의아한 표정을 짓는 연달아의 팔을 두 팔로 꼭 가슴에 안고 예쁘게 미소 지으며 종업원들에게 살짝 고개를 숙였다.

"안녕하세요."

사람들이 귀찮게 구는 것, 특히 연달아와 함께 있을 때 그러는 것이 정말 싫었지만 아랑은 내색하지 않았다. 그녀는 천성적으로 사람들에게 싫은 소리를 하지 못한다.

종업원뿐만 아니라 주방의 아주머니들까지 달려나와서 사인을 해달라며 아랑의 주위로 몰려들었다.

이하연이 그러지 말라고 제지하는데도 종업원과 주방 아주머니들은 막무가내로 메모지와 볼펜, 혹은 사인펜을 내밀면서 난리법석이다.

또한 종업원 중에는 휴대폰을 꺼내서 사진을 찍거나 동영상을 찍는 사람들도 있었다.

더구나 때마침 식사를 마치고 나오던 일가족이 그 광경을 발견하고 합세했다.

그 가족에는 여고생과 남자 대학생이 있는데 아랑을 보더니 기뻐서 어쩔 줄 모르면서 마치 기절할 것처럼 괴성을 지르며 달려들었다.

그러나 영문을 모르는 연달아는 아랑이 위험하다고 판단하여 왼팔로 그녀의 허리를 안고 나직이 호통을 쳤다.

"썩 물러나시오!"

그 한마디에 몰려들던 사람들의 동작이 뚝 멈췄다. 그리고는 연달아의 위압적이면서도 살벌한 모습을 보고는 슬금슬금 뒤로 물러섰다.

그들은 생명의 위협을 느끼면서까지 사인을 받고 싶은 생각은 추호도 없다.

아랑은 연달아가 가느다란 허리를 안아서 번쩍 들어 올린 바람에 두 발이 바닥에서 두 뼘이나 뜬 채 그의 귀에 대고 속삭였다.

"헤헤, 잘하셨어요, 오빠."

세 사람이 한 칸의 정갈한 내실로 안내되고 20분쯤 지나자 주문한 한정식이 나왔다.

"입맛에 맞아요?"

연달아 옆에 붙어 앉은 아랑은 식사하는 것도 잊은 채 그를 챙기느라 정신이 없다.

"응. 병원에서 먹는 밥보다 낫다."

"호호! 다행이에요."

신바람이 난 아랑은 게장을 발라주느라 날카로운 게 다리에 손가락을 찔려도 아픈 줄을 몰랐다.

맞은편에 앉은 이하연은 식사를 하면서 그 모습을 보고 손으로 입을 가리고 조용히 웃었다.

"왜 웃어, 언니?"

아랑이 굴비를 발라서 연달아의 밥그릇에 얹어주다가 건성으로 묻자 이하연은 배시시 웃었다.

"두 사람이 마치 부부 같아. 어린 아내가 정성으로 남편을 섬기는 모습 같잖아."

"정말 부부처럼 보여?"

"그래."

"꺄아! 고마워, 언니!"

아랑은 좋아서 어쩔 줄을 모르며 조그만 궁둥이를 들썩거리면서 연달아의 식사 시중을 들었다.

*　　*　　*

고방아는 강남경찰서에 출근을 하자마자 서장 유도한에게 불려가서 어제 엘루자호텔에서 있었던 일에 대해서 자초지종을 설명해야만 했다.

그녀는 자신의 원룸에서 강 형사에게 대충 설명했던 것보다도 더 자세히 유도한에게 설명할 수밖에 없었다. 상대는 강남경찰서 서장이고 존경하는 선배이기 때문이다.

그녀는 어제 있었던 모든 상황을 연달아의 일만 제외하고 자세히 설명했다.

그리고 텐쵸오와 함께 있던 비달이라는 사내가 던진 두 자루 비수를 가슴 부위에 맞지 않고 피했다고 말했다.

만약 제대로 말을 한다면 연달아가 그녀를 어떻게 치료했는지에 대해서, 그리고 '전능' 이라는 말도 되지 않는 것까지 설명해야 하기 때문이다.

연달아는 단지 위험에 처한 고방아를 안고 객실 창문을 깨면서 뛰어내렸을 뿐이며, 그 직후에 두 사람은 정신을 잃었고, 깨어난 후에는 텐쵸오와 비달이라는 사내는 보이지 않았다. 그래서 둘이 함께 고방아의 원룸으로 돌아와서 잤다고 설명했다.

그녀의 설명은 앞뒤가 맞지 않는 부분이 몇 가지 있었으나, 그녀가 한사코 그랬다고 우기니까 서장 유도한으로서도 어쩔 도리가 없었다. 그렇다고 고방아를 범인처럼 취조할 수도 없는 노릇이다.

아니, 이미 유도한과 강 형사는 그녀를 취조하고 있는 분위기였다.

고방아는 연달아에 대해서는 같은 보육원에서 자란 한 살 위의 아는 오빠라고 둘러댔다.

보육원을 떠난 이후에 연달아하고는 오랫동안 소식이 없었는데, 그가 얼마 전에 갑자기 나타나서 갈 곳이 정해질 때까지 함께 있게 해달라고 사정을 해서 원룸에서 생활하고 있었다고 설명했다.

유도한과 강 형사는 그 부분에 대해서도 이해하지 못할 부분이 있었으나 고방아는 단지 그것뿐이라면서 입을 다물어버렸다.

유도한은 연달아에 대해서 신원 조회를 했으나 고방아가 말한 것 이상의 내용은 나오지 않았다.

이후 유도한과 강 형사, 다카하시 등이 서장실에서 텐쿄오에 대해서 진지한 대화를 하고 있는 동안 고방아는 서장실을 나와 직속상관인 교통지도계장에게 가서 닷새 동안 병가(病暇)를 신청했다.

고방아는 교통지도계의 일이 별로 흥미도 없거니와 연달아에 대해서 깊이 파봐야겠다는 생각에서 닷새 동안 병가를 신청한 것이다.

교통지도계장에게 병가를 허락받은 그녀는 경찰서 뒷마당에 있는 자신의 애마 할리데이비슨XL1200커스텀을 타고 경찰서를 나서 집으로 향했다.

투투투투—

할리데이비슨 특유의 배기 음이 묵직하게 울리면서 답답

했던 고방아의 마음을 조금 달래주었다.

그녀는 경찰대학교를 졸업하고 나서 1년 동안의 순환 보직을 끝내고 정식으로 서울지방경찰청에 배속되었을 때 제일 처음에 한 일이 큰맘 먹고 오래전부터 갖고 싶었던 할리데이비슨을 질러 버린 일이다.

무려 3천만 원에 가까운 돈을 써버린 탓에 빈털터리가 됐지만 그녀는 생애 최고의 친구이자 애인인 할리데이비슨을 갖게 되었다.

그녀는 경찰서 앞길을 달리다가 테헤란로와 합류하는 곳에서 우회전을 시도했다.

그런데 바로 그때 길가에 멈춰 있던 한 대의 랜드로버가 갑자기 급출발을 하면서 옆에서 할리를 들이받으려고 달려들었다.

부아앙!

고방아는 반사적으로 피하고 나서 급히 랜드로버를 쳐다보다가 움찔 놀랐다.

랜드로버 조수석에 텐쿄오가 앉아 있는 것을 발견했기 때문이다. 그녀가 입가에 미소를 짓고 있는 모습까지 똑똑히 보였다.

텐쿄오의 부하 비달이 운전을 하고 있었는데 그는 재차 고방아의 할리를 향해 덤벼들었다.

고방아는 오싹 소름이 끼쳤으나 즉시 우회전하여 가속을 하면서 도망치기 시작했다.

우웅! 투투투투—

텐쵸오의 능력을 잘 알기 때문에 일단 도망치는 것이 상책이라고 판단한 것이다.

그러면서 텐쵸오가 어젯밤에 했던 말들이 그녀의 머릿속에 마구 떠올랐다.

그녀의 머리 위에 '런너의 징후'가 있으며, 그녀더러 '광런너의 딸'이라고도 했고, '네 아비가 고구려에서 돌아왔느냐'라고 물었다.

그런 말들이 정확하게 무슨 의미인지는 모르겠으나, 어떤 부분에서는 연달아의 말과 일치하는 것도 있다.

또한 텐쵸오의 목적이 고방아 자신을 납치하거나 죽이려는 것은 분명한 것 같았다.

부아앙!

랜드로버가 즉시 할리의 꼬리에 따라붙었다.

고방아는 랜드로버를 따돌리려고 주행하는 차들 사이를 요리조리 피하면서 달렸으나 랜드로버는 5, 6미터 뒤에서 악착같이 따라왔다.

고방아는 쉽사리 텐쵸오를 떨쳐 버리지 못할 것이라고 판단하고 즉시 한 손으로 휴대폰을 꺼내 마지막으로 전화를 했던 연달아의 발신자 번호를 눌렀다.

연달아는 배가 고팠기 때문에 밥 세 공기를 게눈 감추듯이
뚝딱 비우고도 한 그릇을 더 시켰다.
그런데 네 그릇째 밥에 숟가락을 찌르려고 할 때 갑자기 그
의 목에서 노랫소리가 흘러나왔다.

아침에 눈을 뜨면 쏟아지는 햇살보다도 먼저 당신을 느끼
네~!

연달아의 목에 걸려 있는 휴대폰에서 울리는 노래였다.
"오빠에게 전화 온 거예요. 오빠 핸펀 벨소리로 제 노래를
넣어놨어요."
아랑은 재잘거리듯 설명하고 나서 고개를 갸우뚱했다.
"그런데 누굴까?"
연달아는 휴대폰 창에 뜬 발신자 이름을 더듬거리며 읽었
다.
"얌… 통?"
아랑은 그럴 줄 알았다는 듯 입술을 삐죽거렸다.
"고방아 언니예요."
연달아는 얌통이 무슨 뜻인지, 아랑이 왜 고방아에게서 오

는 전화를 얌통이라고 했는지 모르지만 고방아라는 말에 반가운 마음이 들었다.

그는 아랑에게 배운 대로 휴대폰의 통화 버튼을 누르고 귀에 갖다 댔다.

그러자 갑자기 고방아의 다급한 목소리가 흘러, 아니, 터져 나왔다.

"연달아야?"

"그렇소."

"도와줘! 텐쵸오에게 쫓기고 있어!"

거두절미한 고방아의 외침에 연달아는 정수리에 벼락이 꽂힌 것처럼 움찔 놀라서 급히 외쳤다.

"어디에 있소?"

"잠실 종합경기장 근처에 있어! 지금 당장 집에서 나와서 사람들에게 물어봐! 빨리 와! 잠실 종합경기장이야!"

고방아는 연달아가 아직도 원룸에 있다고 생각하는 것 같았다. 그리고는 전화가 끊어졌다. 그런데도 연달아는 휴대폰을 붙잡고 소리쳤다.

"고방아! 다치지 않았소?"

뚜우우— 뚜우우—

"끊어졌어요."

휴대폰은 어떨 때는 옆에서 통화하는 내용이 또렷하게 잘 들리기 때문에 아랑이 듣고 가르쳐 주었다.

연달아는 아랑에게 급히 물었다.

"랑아, 잠실 종합경기장이 어디야? 여기에서 멀어?"

아랑은 언제나 듬직하고 여유있는 연달아가 지금처럼 다급한 모습을 처음 보고는 바짝 긴장했다.

"가까워요. 같이 가요."

아랑은 발딱 일어나 밖으로 나가며 이하연에게 물었다.

"언니, 잠실 종합경기장까지 얼마나 걸리지?"

"10분쯤."

부타타타타—

고방아는 종합운동장 사거리에서 신호를 위반하여 좌회전했으나 랜드로버도 막무가내로 따라왔다.

그 바람에 직진하던 차들이 급정거를 하면서 충돌하는 사고가 벌어졌다.

끼아악!

퍼퍼퍽! 쾅! 쿵!

고방아는 힐끗 뒤돌아보고는 급히 우회전하여 우측의 대단지 아파트로 진입했다. 직후에 강 형사에게 전화를 하여 도움을 요청했다.

"강 선배! 지금 텐쵸오에게 쫓기고 있어! 여기 종합운동장 근처야!"

"방아야! 버티고 있어라!"

강 형사의 목소리는 찢어지는 듯했다.

하지만 고방아가 아파트 내를 아무리 구석구석 비집고 다녀도 랜드로버는 끈질기게 따라왔다.

설상가상 랜드로버는 바짝 뒤쫓아 와서 범퍼로 할리의 뒤를 쿵쿵 들이받았다.

그때마다 고방아는 튕겨 나가지 않으려고 핸들을 굳게 움켜잡고 전력으로 버텼다.

그녀가 권총을 지니고 있을 때에도 텐쿄오와 비달에게 여지없이 당했는데, 하물며 지금처럼 맨손으로는 속수무책일 수밖에 없다.

할리를 멈추는 순간 텐쿄오에게 죽임을 당하거나 제압을 당할 것이 분명하다.

결국 고방아는 아파트 단지에서 나올 수밖에 없었다. 랜드로버가 워낙 거칠게 주행해서 아파트 주민들이 사고를 당할 위험이 있기 때문이다.

랜드로버는 아파트 주민들이고 유모차고 깔아뭉갤 듯이 거칠게 질주했다.

우웅! 쿠투투투—

고방아의 할리는 아파트 단지에서 튀어나와 곧장 대로를

가로질러 직선으로 종합운동장으로 향했다.

텐쿄오로부터 도망쳐야 한다는 일념뿐이라서 백제고분로 10차선의 수많은 차들이 눈에 보이지도 않았다. 할리는 10차선을 직선으로 가로질러 제1수영장과 제2수영장 사이로 파고들었다.

부아앙!

랜드로버도 백제고분로 10차선을 무인지경인 양 가로지르며 추격해 왔다. 텐쿄오도 고방아를 잡는 것 외에는 눈에 보이는 것이 없는 듯했다.

할리 때문에 급정거를 했던 몇 대의 승용차 앞과 뒷부분을 거칠게 들이받으면서도 랜드로버는 멈추지 않았다.

아랑의 스타크래프트 밴이 출발하고 나서 얼마 지나지 않아 연달아는 고방아에게 휴대폰을 했다.

따르르릉.

"어디야?"

고방아의 목소리는 조금 전보다 더 다급하게 들렸다.

"지금 가고 있소."

"5분쯤 걸릴 거예요!"

연달아 무릎에 마주 보고 앉은 아랑이 소리쳤다.

고방아는 아랑이 누구냐고 묻지 않았다. 그 정도로 급박한

처지에 놓여 있다는 뜻이다.

"나 죽은 다음에 와라!"

쿵!

"왁!"

고방아가 바락 외치고 나서 갑자기 그녀 주위에서 뭔가 거세게 부서지는 듯한 요란한 소리와 함께 그녀의 비명 소리가 이어졌다.

"고방아! 괜찮소? 고방아!"

연달아는 휴대폰에 대고 버럭 소리 질렀다. 하지만 휴대폰에서는 아무 소리도 흘러나오지 않았다.

아랑은 연달아의 얼굴에 떠올라 있는 초조한 표정을 보면서 주먹을 꼭 쥐고 긴장했다.

그녀는 한 번도 본 적이 없는 고방아를 연적(戀敵), 즉 사랑의 라이벌이라고 여겨서 '얌통' 이라는 별명을 붙였다.

하지만 연달아가 초조해하는 모습을 보자 아랑은 자기도 모르게 고방아가 걱정이 돼서 어쩔 줄을 몰랐다.

"아직 죽지 않았어."

그때 휴대폰에서 고방아의 목소리가 들리더니 곧 끊어졌다.

아랑은 안절부절못하면서 이하연을 재촉했다.

"언니! 더 밟아요!"

아랑의 매니저 이하연의 운전 실력은 정말 탁월했다. 카레이서를 해도 손색없을 정도였다. 수더분하고 얌전한 그녀의 내면에 그런 터프함이 감추어져 있었다.

그녀 덕분에 스타크래프트 밴은 미사리를 출발한 지 7분 만에 잠실 종합운동장에 도착했다. 거의 날아서 왔다고 해도 과언이 아니다.

"오빠! 여기예요!"

"어서 문 열어줘!"

아랑이 창문 블라인드를 조금 젖히고 밖을 내다보며 말하자 연달아는 오른손에 헝겊으로 싼 환두대도를 움켜잡고 벌써 뛰어내릴 자세를 취하고 있었다.

"저게 종합운동장이에요!"

"랑아, 너는 꼼짝하지 말고 차 안에 있어라."

차문이 열리고 아랑이 웅장한 종합운동장을 가리키는 것을 보고 연달아는 그녀에게 당부한 후 그곳을 향해 곧장 달려갔다.

"언니! 차 주차시키고 있어!"

아랑이 소리치면서 차에서 내려 종합운동장 쪽으로 뛰어가는 것을 보고 이하연은 소스라치게 놀라 즉시 운전석에서 뛰어내려 그녀를 쫓아가 겨우 붙잡았다.

“이거 놔! 언니!”

“연달아 씨 말 못 들었어? 차에서 기다리라고 했잖아!”

이하연은 무서운 얼굴로 꾸짖었다.

“언니!”

“네가 연달아 씨를 따라가서 뭘 도울 거야? 무슨 일인지는 모르지만 오히려 짐이 될 뿐이야!”

“…….”

이하연의 말이 맞기 때문에 아랑은 반박을 하지 못하고 입술을 꼭 깨문 채 종합운동장 북직문 쪽 모퉁이로 사라지고 있는 연달아를 안타깝게 바라보았다.

경찰인 고방아가 누군가에게 쫓기고 있다면 무서운 자가 분명할 것이다.

그런데 자기처럼 연약한 여고생이 연달아를 쫓아가서 무슨 도움이 되겠는가.

매니저 언니 말대로 짐이 되기 십상일 것이라고 아랑은 생각했다.

키가 가각!

그때 맞은편 오른쪽에 있는 봉은교를 한 대의 검은색 구형 BMW530 승용차가 날카로운 마찰음을 내면서 건너서 달려오더니 아랑의 스타크래프트가 있는 쪽으로 급격히 회전하여 계속 달려왔다.

아랑은 승용차 운전석 쪽 지붕에 붉은 경광등이 반짝이면서 돌아가는 것을 발견하고는 경찰이라 직감하고 달려가서 대담하게 두 팔을 벌리고 차를 가로막았다.

끼이익!

"아악!"

급브레이크를 밟은 승용차가 아랑을 칠 듯이 한 뼘 앞에서 겨우 멈추었고, 그걸 보고 있던 이하연은 안색이 창백하게 질려서 비명을 질렀다.

승용차 운전석 문이 부서질 듯이 열리더니 강 형사가 뛰어내려 아랑에게 달려들며 소리를 지르려다가 뚝 멈췄다.

"꼬마야! 죽고 싶어서… 어?"

강 형사는 신세대는 아니지만 승용차를 가로막은 채 다부진 표정으로 두 팔을 벌리고 있는 여자아이가 요즘 대한민국 최고의 아이콘으로 떠오르고 있는 아랑이라는 것을 한눈에 알아보았다.

그는 어이없으면서도 놀라는 표정으로 아랑에게 다가왔다.

"무슨 일입니까?"

"아저씨 경찰이죠?"

아랑은 다짜고짜 소리치며 물었다. 그녀의 두 눈에 눈물이 글썽거렸다.

"그런데……."

"강남경찰서 여경찰 고방아라고 아세요?"

강 형사는 움찔했다.

"아, 압니다."

아랑은 종합운동장 북직문 쪽을 가리키며 외쳤다.

"고방아 씨가 위험해요! 우리 오빠가 구하러 갔는데 아저씨들이 도와주세요! 저기로 갔어요! 어서요!"

그녀의 말이 끝나기도 전에 강 형사와 함께 온 다카하시, 겐스케는 아랑이 가리킨 방향으로 달려가고 있었다.

그때 강 형사가 타고 온 승용차 뒤로 두 대의 경찰차와 세 대의 경찰특공대차량이 연이어서 급정거하더니 강남경찰서 서장 유도한을 필두로 경찰과 경찰특공대 수십 명이 우르르 내렸다.

아랑은 연달아와 강 형사가 달려간 쪽을 가리키며 발을 동동 굴렀다.

"저쪽이에요! 저쪽! 서둘러요!"

제14장

애송이 런너

R U N N E R
런너

쿠투투투—

고방아의 할리는 종합운동장 주변을 맴돌고서도 랜드로버를 떨어뜨리지 못하고 다시 백제고분로로 나와서 북쪽으로 달렸다.

전방에 한가람로와 올림픽도로, 강변으로 향하는 지하 통로 세 갈래 길이 나타나자 순간적으로 갈등했다. 그러나 할리는 그대로 직진하여 지하 통로로 질주했다.

부아아앙—

할리가 지하 통로 중간쯤에 이르렀을 때 갑자기 바로 뒤에

서 요란한 엔진 음이 들렸다. 할리 백미러에 랜드로버의 모습
이 크게 확대되어 보였다. 랜드로버가 할리 꽁무니까지 바짝
추격한 것이다.

고방아가 어떻게 해볼 새도 없이 랜드로버 앞 범퍼가 할리
뒷부분을 거세게 박았다.

쿵!

"우웃!"

그 순간 고방아는 묵직한 충격과 함께 몸이 붕 떠서 앞으로
날아갔다.

추락하는 그녀는 낙법으로 굴렀다가 벌떡 일어나 재빨리
뒤돌아보았다. 할리가 지하 통로에 중간쯤에 쓰러져 있고 그
너머에서 랜드로버가 웅웅거리면서 거세게 할리를 밀어붙이
는 광경이 보였다.

그가가각!

길게 생각할 것도 없이 그녀는 전력으로 달려서 지하 통로
를 빠져나와 왼쪽으로 꺾어 올림픽도로 가드레일 아래쪽을
따라서 질주했다.

연달아는 종합운동장 북직문 쪽으로 반 바퀴 돌아서 실내
체육관 쪽으로 달리면서 초조한 표정으로 주위를 둘러보았
다. 그러나 고방아의 모습은 어디에서도 보이지 않았다.

그는 잠시 멈춰 서서 휴대폰의 1번을 길게 눌렀다. 하지만 계속 발신음만 울릴 뿐 고방아의 목소리는 나오지 않았다.

그의 머리에 텐쵸오와 사내의 모습이 떠올랐다. 그들 앞에서의 고방아는 무력한 존재였다.

어젯밤에 연달아가 고방아를 구하지 않았더라면 그녀는 텐쵸오와 사내에게 험한 꼴을 당하고 말았을 것이다.

고방아가 오늘 또다시 그런 위급한 상황에 처해 있는 것이다. 그래서 연달아는 걱정 때문에 속이 바짝바짝 타들어가고 있다.

그렇다고 무작정 아무 방향으로나 달려갈 수는 없다. 잘못 가다가는 오히려 고방아가 있는 곳에서 멀어질 수도 있기 때문이다.

오늘은 종합경기장이나 실내체육관에서 경기가 없는 날이라서 주위는 조용했다.

연달아는 혹시 무슨 소리라도 들릴까 하는 안타까운 마음에 귀를 기울여 보았다.

주변의 소음이 들려오기 시작했다. 그리고 잠시가 지나자 한꺼번에 수천 개의 소리가 폭음처럼 고막을 울렸다. 전능의 능력이 발휘되고 있는 것이다. 그런데 주위의 모든 소음을 증폭기처럼 끌어들였다. 그 속에서 고방아의 소리를 찾아내는 것은 불가능한 일이다.

콰아아―

연달아는 움찔 놀라 고개를 세차게 흔들었다.

‘고방아의 소리가 필요하다!

그런데 그가 귀를 기울이고 있는데도 이번에는 아무 소리도 들리지 않았다.

쿵쿵쿵쿵.

잠시 후에 작은 북을 급하게 두드리는 듯 소리가 들리기 시작하더니 점점 커졌다. 연달아는 그것이 고방아의 심장 박동이라는 것을 즉시 알아차렸다. 그러더니 그다음에는 다른 소리가 들렸다.

[으으… 연달아 이 자식, 왜 아직도 안 오는 거야? 게을러터진 놈!]

고방아의 목소리다. 아까 아침에 그녀의 마음속 말을 들었을 때와 똑같은 현상이다.

[여기에 숨어 있다가 텐쵸오에게 발각되면 오도 가도 못하는 신세야.]

고방아는 어디에 숨어 있는 것 같았다.

연달아는 북쪽 방향을 힐끗 쳐다보고는 그곳으로 달리기 시작했다.

“저기!”

종합운동장을 돌아서 나온 강 형사는 한 사내가 북쪽 나무 사이로 사라지는 것을 발견했다.

'저자는?'

강 형사와 다카하시는 방금 그 사내가 뉴욕양키즈 야구점 퍼를 입은 것을 발견하고는 그가 연달이라는 사실을 즉시 알아차렸다.

가로로 나란히 있는 몇 그루의 나무를 스쳐 지나자 연달아 가 달려가고 있는 전방의 시야가 갑자기 확 트였다.

폭 넓은 도로가 나타나고 왼쪽에서 오른쪽 한쪽 방향으로 수많은 차들이 쌩쌩 달리고 있었다.

88올림픽도로다. 그런데 고방아의 심장 박동 소리는 그 너머에서 들려오고 있었다.

도로에 직면한 연달아는 순간적으로 어떻게 해야 할지 결정을 내리지 못했다.

무서운 속도로 질주하는 차들 속으로 뛰어들었다가는 뼈도 추리지 못할 것이라는 생각이 들었다.

그러는 중에도 그는 멈추지 않고 계속 달렸다. 그리고 어떻게 하겠다는 결정을 내리기도 전에 훌쩍 뛰어올라 그의 오른발이 도로변 가드레일 위를 딛고 있었다.

타앗!

오른발로 가드레일을 힘껏 박차면서 쏜살같이 허공으로 솟구쳐 올랐다.

허공으로 비스듬히 날아오른 그의 속도는 발아래로 달리고 있는 차들보다 몇 배나 더 빨랐다.

그러나 그는 자신이 허공으로 날아오른 것이나 엄청난 속도에 대해서 그다지 놀라지 않았다.

지금 이 순간의 그는 무엇이든지 할 수 있다는 자신감과 확신으로 가득 차 있는 상태다. '전능'의 능력이 펼쳐지고 있다는 사실을 깨달았기 때문이다.

그는 한 번의 도약으로 무려 20미터 이상을 날아 맞은편 도로 한복판으로 빠르게 하강했다. 가드레일을 조금 더 힘껏 박찼으면 더 멀리 도약했을 것이다.

텅!

그러나 그는 쏜살같이 달리고 있는 어느 승용차 지붕을 살짝 딛고는 전방을 향해 다시 도약했다.

고방아는 올림픽도로 김포 방향 도로변 가드레일 바깥쪽 가파른 비탈 중간 지점의 무성한 개나리와 쥐똥나무 군락 사이에 숨어 있었다.

키 작은 쥐똥나무가 아래쪽에 있기 때문에 키가 큰 편인 그녀는 잔뜩 몸을 웅크려야만 했다.

그녀는 주위를 둘러보며 무기가 될 만한 것을 찾아보았으나 손가락 굵기의 짧은 개나리 나뭇가지 같은 것들만 흩어져 있을 뿐이다.

언뜻 주먹 두 개 크기의 돌멩이가 눈에 띄자 그녀는 오른손을 뻗어 움켜잡았다.

지하 통로 출구를 나서면 전방이 탁 트인 둔치라서 숨을 곳이라고는 지하 통로 출구 왼쪽에서 이백 미터쯤 길게 뻗어 있는 이곳 쥐똥나무와 개나리 군락뿐이다.

그러니까 텐쵸오와 비달은 필경 이곳을 살피면서 오고 있을 것이다.

그녀는 촘촘한 쥐똥나무 틈새로 비탈 아래 도로를 주시하다가 움찔 놀라서 숨을 멈추었다.

사박사박.

쥐똥나무 아래쪽 풀밭을 누군가 걸어오고 있는 발걸음 소리에 이어서, 검은색 정장을 입은 비달의 모습이 촘촘한 나뭇가지 사이로 언뜻 보였다.

고방아는 본능적으로 몸을 더 움츠렸다. 그러면서 비달이 위쪽을 올려다보면 자기 모습이 보일지도 모른다는 불안감이 엄습했다.

그런데 그때 비달이 걸음을 뚝 멈추었다.

고방아는 여차하면 그대로 튀어나가 비달을 공격할 각오

로 오른손의 돌멩이를 더욱 힘주어 움켜잡았다.

"……!"

그런데 그녀는 비달이 멈춰 선 아래쪽보다 갑자기 뒤통수 쪽이 서늘한 느낌을 받았다.

앞쪽에 비달이 있는데도 불구하고 뒤쪽의 기운이 너무 강렬해서 그녀는 뒤돌아보지 않을 수가 없었다.

뒤돌아본 그녀는 쥐똥나무에 비해서 상대적으로 틈새가 넓어서 성긴 개나리나무 사이로 누군가의 모습, 아니, 하체를 발견했다.

그 하체는 가드레일 너머 도로변에 서 있었는데, 고방아는 그것이 텐쵸오라는 사실을 직감했다.

그녀가 도로 위쪽으로 접근할 줄은 고방아도 전혀 예상하지 못했다.

텐쵸오가 거기에 멈춰 서 있다는 것은 이미 고방아를 발견했다는 뜻이다.

그리고 아래쪽에는 비달이 서 있다. 고방아는 양쪽에서 포위된 상황이다.

타앗!

순간 고방아는 두 발로 땅을 박차고 쥐똥나무 위를 단숨에 날아 넘어서 비달을 향해 덮쳐 갔다.

비달이 고방아를 향해 재빨리 두 팔을 들어 올리는데, 두 손에 비수가 쥐어져 있는 것이 햇빛에 반짝였다.

고방아는 비달의 얼굴을 노리고 머리 위로 들어 올리고 있던 오른팔을 힘껏 아래로 휘둘렀다.

휘잉!

그녀의 오른손에 쥐어져 있던 주먹 두 개만 한 크기의 돌멩이가 수직으로 내리꽂혔다.

퍽!

돌멩이가 비달의 왼쪽 눈에 적중되면서 피가 튀었다. 그런데도 그는 비명도 지르지 않았다.

다만 잠시 멈칫하더니 오히려 두 손에 쥐고 있던 비수를 고방아를 향해 던졌다.

그러나 비달은 눈에 돌멩이를 맞는 바람에 타이밍을 놓치고 말았다.

두 자루 비수는 한 뼘 차이로 고방아 뒤쪽으로 스쳐 지나갔고, 그녀는 공중제비를 한 바퀴 돌면서 비달의 뒤쪽으로 한쪽 무릎과 허리를 굽힌 자세로 착지했다.

순간 그녀는 두 손으로 땅을 짚고 구부린 오른발을 축으로 삼아 빙글 반 바퀴 회전하며 쭉 뻗은 왼발로 비달의 정강이를 거세게 후려쳤다.

탁!

키가 크다는 것은 아래쪽에 충격을 받았을 때 더 많이 중심을 잃는다는 뜻이다. 비달은 두 발이 허공에 뜨며 기우뚱 쓰러졌다.

고방아는 벌떡 퉁기듯 일어나면서 왼발 무릎으로 쓰러지는 비달의 옆구리를 냅다 찍었다.

콱!

"끅!"

성큼 뒤로 물러나면서 도로 쪽을 쳐다보는 고방아는 움찔 놀랐다.

텐쵸오가 도로 위에서 뛰어올라 몸을 날리며 두 팔을 활짝 펼친 채 독수리처럼 이쪽으로 날아오고 있는 것을 발견한 것이다.

고방아가 힐끗 지하 통로 쪽을 쳐다보니까 출구에서 5미터쯤 벗어난 곳에 할리가 나뒹굴어 있고 랜드로버가 할리를 깔아뭉갠 모습이 보였다.

지하 통로 안에서 넘어진 할리를 랜드로버가 힘으로 밀고 나온 것이다.

타탓!

고방아는 몸을 돌리자마자 강 쪽으로 사력을 다해서 달리기 시작했다.

할리가 무사하면 그걸 타고 도망치려던 생각이 백 리 밖으로 달아나 버렸다.

지하 통로를 나와서 좌회전한 수십 대의 승용차들이 올림픽도로 김포 방향으로 뻗은 비스듬한 경사로에 꼬리를 물고 이어져 있었다.

고방아는 차량 사이를 빠져나와 달리면서 어떻게 하면 좋을지 궁리했다.

전방은 탁 트였으며, 우측 200미터쯤 넓은 주차장에 수십 대의 차가 주차해 있고, 전방 좌측 400미터쯤 강변에 물에 떠 있는 수상 레저타운, 그리고 몇 대의 작은 보트가 조롱조롱 묶여 있는 광경이 보였다.

고방아는 달리면서 전방과 좌우를 재빨리 살폈으나 허허벌판이나 마찬가지라서 아무것도 이용할 것이 없다. 이제는 텐쵸오에게 덜미가 잡히는 일만 남았다.

'연달아 이 자식! 도대체 왜 이리 꾸물거리는 거야?

그녀는 이를 악물고 내달리면서 죽어라고 연달아를 원망했다. 그가 고구려에서 왔다는 것과 '전능'이라는 괴이한 능력을 지니고 있다는 사실을 아직 완전히 믿지 않으면서도, 그가 빨리 나타나서 '전능'의 힘으로 자신을 구해주길 간절히 바라고 있다.

기이잉.

그때 달리고 있던 고방아는 뒤쪽 하늘에서 이상한 소리가 나는 것을 듣고 힐끗 돌아보았다.

'이런…….'

믿을 수 없게도 그랜저 승용차 한 대가 팽글팽글 회전하면서 고방아를 향해 날아오고 있었다. 승용차가 하늘을 날다니 귀신이 곡할 노릇이다.

승용차 안에 타고 있는 한 가족으로 보이는 사람들이 경악하고 있는 얼굴까지도 고방아의 눈에 똑똑히 보였다.

그리고 승용차 뒤쪽에서 텐쵸오가 승용차를 향해 두 팔을 뻗고 있는 것이 보였다.

고방아는 텐쵸오가 어떤 괴이한 힘을 발휘해서 승용차를 날려 보내고 있다는 사실을 깨달았다.

어느새 고방아는 달리는 것을 멈추고 뒤돌아서 자기를 향해 날아오는 승용차를 바라보고 있었다.

승용차가 워낙 빠르게 날아와서 피할 엄두도 내지 못했다. 저기에 깔리면 고방아는 형체조차 보존하지 못하고 짓이겨지고 말 것이다.

고방아는 얼굴 가득 절망적인 표정을 지으며 승용차를 바라보고 있을 뿐이다.

삭―

그때 그녀의 왼쪽에서 무슨 소리가 들렸다. 급히 쳐다보니까 언제 나타났는지 연달아가 그녀 옆에 우뚝 서서 두 손으로 움켜잡은 환두대도를 머리 위로 치켜들고 있었다.

그의 자세로 미루어볼 때 환두대도로 승용차를 베겠다는 것 같았다.

어림도 없는 무모한 시도지만, 이상하게도 고방아는 그럴 수 있을 것이라는 믿음이 강하게 생겼다.

"안 돼!"

하지만 고방아는 다급하게 외쳤다. 승용차를 베면 그 안에 타고 있는 가족이 죽거나 중상을 입을 수도 있다는 생각이 머리를 스친 것이다.

슈악!

하지만 연달아는 승용차를 향해 환두대도를 수직으로 그어 내리고 있었다.

그 순간 환두대도에서 반달 모양의 눈부신 섬광이 번쩍하고 뿜어졌다.

카칵!

연달아와 승용차의 거리는 5미터 정도였으나 승용차는 정확하게 절반이 쪼개져서 양쪽으로 분리되어 날아갔다. 마치 칼로 무를 벤 것 같은 모양이다.

터텅!

승용차 두 조각이 연달아와 고방아의 양쪽 2미터 떨어진 바닥에 바퀴가 닿으면서 묵직하게 떨어지며 그대로 멈췄다. 퉁겨 오르지도 않고 구르지도 않고 그 자리에서 딱 멈춘 것이다.

차 앞쪽에 타고 있는 부모와 뒤쪽의 아이들은 크게 놀란 모습이지만 다친 것 같지는 않았다.

그때 연달아와 고방아 전방 5미터쯤 땅에 내려선 텐쿄오가 날아오던 기세를 빌어서 상체를 앞으로 숙인 자세로 총알처럼 빠르게 부딪쳐 왔다.

슈욱!

연달아가 환두대도를 머리 위로 들어 올릴 때 어느새 텐쿄오는 그의 코앞까지 쇄도하여 주먹을 뻗었다. 무지하게 빠른 스피드다.

뻑! 뻑! 뻑!

"크윽!"

텐쿄오가 대시하면서 오른손 주먹으로 한 대를 때린 것 같았는데 주먹이 연달아의 가슴에 적중되는 소리는 세 차례나 터졌다.

연달아는 가슴이 바스러지는 충격을 느끼며 상체가 뒤로 젖혀지고 발뒤꿈치를 땅에 댄 채 쏜살같이 뒤로 밀려갔다.

텐쿄오는 놀라고 있는 고방아를 그대로 놔둔 채 집요하게 연달아를 쫓아갔다.

텐쿄오에게는 고방아도 중요하지만 연달아가 더 중요한 존재이기 때문이다.

텐쿄오는 어젯밤에 엘루자호텔에서 연달아를 봤을 때 그

가 런너일 것이라고 직감했다.

런너의 5수행자 중에서 최고 등급 가디언인 텐쿄오의 공격을 막거나 피할 수 있는 것은 세상에서 오직 런너뿐이다.

어젯밤에 연달아는 텐쿄오가 쏘아 보낸 총알을 아무렇지도 않게 피했다.

아니, 그가 피한 것이 아니라 총알이 알아서 비켜간 것 같았다. 그런 능력은 런너만이 보여줄 수 있다.

전 세계에 몇 명의 런너가 존재하고 있는지는 정확하게 알려져 있지 않다.

하지만 묵인자의 말에 의하면, 현재 전 세계에서 활약하고 있는 런너는 다섯 명뿐이라고 한다.

텐쿄오는 연달아가 그 다섯 명의 런너 중에 한 명은 아닐 것이라고 생각했다.

만약 그랬다면 텐쿄오는 어젯밤에 엘루자호텔에서 죽었을 것이다.

가디언인 텐쿄오는 막강하지만 런너의 상대는 되지 못하기 때문이다.

하지만 어젯밤에 연달아는 텐쿄오를 내버려 두고 고방아만 안고 창에서 뛰어내렸다. 즉, 도망친 것이다.

전능자인 런너가 가디언에게서 도망치다니, 절대로 있을 수 없는 일이다.

그렇다면 한 가지를 추측할 수가 있다. 연달아는 런너이지만 애송이 런너다.

아직 자신의 능력을 제대로 모르거나 숙달시키지 못했기 때문에 텐쵸오에게서 도망친 것이 분명하다.

그리고 연달아가 고방아를 보호하는 것으로 봐서 고방아의 아버지인 광런너가 보냈을 것이다.

묵인자는 서기 668년 고구려에 있는 것으로 추정되는 '전능'을 찾으러 그곳으로 갔고, 묵인자를 방해하기 위해서 광런너도 고구려로 갔으니까 필경 연달아는 고구려에서 온 것이 분명하다.

또한 광런너가 연달아를 2012년 대한민국으로 보냈다면 그냥 보내지 않았을 것이다.

묵인자가 찾으려고 하는 '전능'을 연달아에게 주었을 것이 분명하다.

텐쵸오가 한국에 입국한 이유는 여러 가지가 있지만, 그중에서도 가장 큰 목적은 광런너의 핏줄인 고방아를 찾아내는 것이었다.

텐쵸오는 광런너의 딸인 고방아를 납치해서 볼모로 삼아 나중에 광런너를 협박하는 데 써먹으려고 했다. 광런너에게 핏줄은 고방아 하나뿐이기 때문에 그녀를 잡으면 충분히 광런너를 압박할 수 있을 것이라는 계산이다.

하지만 애송이 런너인 연달아가 나타남으로 인해서 고방아의 일은 뒷전으로 밀렸다.

연달아가 런너이긴 하지만 아직 애송이이기 때문에 충분히 죽일 수 있다고 텐쵸오는 확신했다.

연달아가 거대한 거목이 되기 전에 싹을 잘라 버리겠다는 생각이다.

일개 가디언이 런너를 죽이는 일은 꿈도 꿀 수 없는 일이다. 그것을 텐쵸오가 해내면 묵인자로부터 큰 칭찬과 상을 받게 될 것이다.

텐쵸오는 고방아가 경찰 복장을 하고 나타난 것으로 미루어 엘루자호텔이 속해 있는 강남경찰서 소속일 것이라고 짐작하여 새벽부터 경찰서 앞에서 그녀를 기다리고 있었다.

고방아를 추격하면 연달아까지 덤으로 죽일 수 있을 것이라고 예측했다. 그리고 그 예측이 들어맞은 것이다.

고방아는 자신의 옆으로 텐쵸오가 스쳐 지나가는데도 그녀의 모습을 제대로 보지도 못했다. 번쩍 하는 사이에 사라져 버렸다.

고방아가 급히 뒤돌아보니까 텐쵸오가 몸을 날리면서 발등으로 연달아의 옆머리를 강하게 걷어차고 있었다.

퍼억!

연달아의 상체가 왼쪽으로 기울어져 날아가자 텐쵸오는

그림자처럼 따라붙으면서 연달아의 얼굴과 상체에 속사포처
럼 두 주먹을 난타했다.

뻐뻐뻐뻐뻑!

고방아가 보기에 연달아는 속수무책으로 당하기만 했다.
환두대도를 쥐고 있지만 무지막지하게 얻어터지고 있는 상황
이라서 무용지물이다.

또한 텐쵸오의 주먹질과 발길질은 해머로 힘껏 내려치는
것 같은 위력이다.

핵주먹 마이크 타이슨이라고 해도 저 주먹 한 방이면 부서
져 버릴 것이 분명했다.

무술 고단자인 고방아지만 텐쵸오 같은 빠른 움직임과 위
력적인 주먹은 본 적도 들어본 적도 없다.

아니, 저것은 빠른 움직임 정도가 아니다. 지금 텐쵸오는
연달아가 퉁겨서 날아가거나 쓰러지지 못하도록 조절하면서
좌우 주먹으로 기관총처럼 연타를 날리고 있다.

푸푹!

"흑!"

그때 고방아는 느닷없이 양쪽 어깨 견갑골 부위가 화끈한
것을 느꼈다.

그리고 그다음에는 온몸의 힘이 쭉 빠지면서 몸이 무너지
는 듯한 느낌을 받았다.

그녀는 힘겹게 오른쪽 어깨를 돌아보다가 두 가지 사실을 깨달았다.

자신의 오른쪽 견갑골에 한 자루 비수가 손잡이만 남긴 채 깊숙이 꽂혀 있는 것이 보였다. 그리고 비수 뒤쪽에 비달이 우뚝 서 있는 것을 발견했다.

고방아는 텐쿄오에게 두들겨 맞고 있는 연달아를 쳐다보느라 비달이 접근하는 것을 까맣게 모르고 졸지에 당한 것이다.

왼쪽 어깨에도 엄청난 통증이 느껴지는 것으로 봐서는 거기에도 비수가 꽂혀 있을 것을 짐작할 수 있다.

고방아는 비틀거리면서 천천히 비달을 향해 돌아서며 어떻게 할 것인지 궁리했다.

하지만 양쪽 어깨에 비수가 꽂힌 상태에서 무슨 방법이 있겠는가.

콱!

"끄으……."

그녀가 돌아섰을 때 비달이 불쑥 오른손을 뻗어 그녀의 목을 움켜잡고 가볍게 들어 올렸다.

비달은 그녀의 목을 조르지는 않았다. 그저 달걀을 잡듯이 살포시 잡고 들어 올렸다.

그래서 고방아는 목이 빠지는 것 같은 고통을 느끼며 두 발을 미친 듯이 버둥거렸다.

피가 몰려서 얼굴이 토마토처럼 새빨개진 그녀는 핏발이 곤두선 눈으로 비달을 쳐다보았다.

조금 전에 고방아에게 돌멩이로 찍힌 비달의 왼쪽 눈 주위는 피투성이였다. 안구가 터진 것 같았으며 눈 위 이마와 관자놀이 뼈가 함몰된 듯한 끔찍한 모습인데 피가 줄줄 흘러내렸다.

그런데도 그는 전혀 고통을 느끼지 못하는 듯했다. 감정이라고는 느끼지 못하는 사람처럼 무표정한 얼굴이다.

피가 줄줄 흘러 왼쪽 얼굴과 최고급 아르마니 양복을 시뻘겋게 물들이고 있었다.

그때 문득 고방아는 비달의 어깨너머로 무엇인가를 발견했다. 강 형사와 다카하시, 겐스케가 올림픽도로를 넘어 이쪽을 향해서 달려 내려오고 있었다.

그리고 그 뒤로 경찰특공대 공격조 2개 분대 스무 명이 경기관총 MP—5로 무장한 채 따르고 있다.

올림픽도로에는 차들이 모두 멈춰 있었다. 경찰이 통제하고 있는 상황이다.

그리고 경찰특공대 저격수 세 명이 도로변의 가드레일을 엄폐물 삼아서 헤클러&코흐사의 저격용 라이플인 MSG—90을 이쪽을 향해서 겨누고 있다.

그들의 망원조준경이 반짝이고 있는 것이 고방아의 눈에 똑똑히 보였다.

MSG—90의 망원조준경은 10배율이고 유효 사거리는 천 미터다. 그러므로 저격수들이 텐쵸오나 비달을 저격하는 것은 시간문제다.

고방아의 입가에 흐릿한 미소가 피어올랐다. 막강한 경찰특공대가 도착했으니까 이제 상황 끝이라고 예상했다.

그런데 가장 앞서 달려오던 세 사람 중에서 갑자기 겐스케가 우뚝 멈췄다.

고방아가 쳐다봤을 때 겐스케의 이마 한가운데에 큼직한 구멍이 뻥 뚫렸고 뒤통수에서 피가 확 뿜어지고 있었다.

그리고 겐스케의 상체가 뒤에서 잡아당긴 것처럼 확 뒤로 젖혀지며 몸이 넘어갔다.

저격을 당한 것이다. 앞쪽이라면 주차장에 주차해 놓은 수십 대의 차와 그 너머 강변의 수상 레저타운이 있다.

그렇다면 저격수는 주차장의 차 안이나 수상 레저타운에 숨어서 저격하고 있는 것이다. 물론 그 저격수는 텐쵸오의 부하일 것이다.

"저격이다! 엎드려!"

강 형사가 악을 쓰듯이 외치면서 다카하시와 함께 몸을 던져 바닥에 엎드렸다.

아니, 두 사람의 엎드리는 동작이 미처 끝나기도 전에 뒤쪽에서 돌격해 오던 경찰특공대원 두 명의 미간이 픽! 픽! 관통

되어 연이어서 거꾸러졌다.

고방아는 동료들이 죽어가는 광경을 자신의 눈으로 목격하면서 눈을 찢어질듯이 부릅떴다. 너무 분노해서 돌아버릴 것만 같았다.

저격수는 그녀의 뒤쪽에 있는 듯했다. 그놈이 순식간에 겐스케와 두 명의 경찰특공대원을 즉사시켰다.

강 형사를 비롯하여 경찰특공대 전원은 바닥에 납작하게 엎드린 채 총알이 어디에서 날아왔는지 눈을 번뜩이며 날카롭게 살펴보았다.

도로 위의 경찰특공대 저격수 세 명은 조준경을 이리저리 분주하게 움직이면서 저격수를 찾아내려고 혈안이 됐으나 어디에서도 찾아내지 못했다.

햇빛에 반짝이는 조준경을 찾아내면 저격수를 찾아낼 수 있는데 도무지 조준경이 보이지 않았다.

경찰특공대 저격수가 세 명이나 되면서도 적의 저격수를 발견하지 못하는 이유는 한 가지뿐이다.

적 저격수가 강변 이쪽에 없기 때문이다. 그렇다면 적 저격수는 강 건너에 있는 것이 분명하다.

거기까지 생각한 고방아는 아연실색했다.

'빌어먹을! 말도 안 돼.'

겐스케가 저격당한 곳에서 강 건너까지는 아무리 짧게 잡아도 1,200미터가 넘을 것이다.

경찰특공대 저격수가 사용하는 MSG―90은 유효 사거리가 천 미터다.

하지만 실제로 천 미터 거리에 있는 표적을 정확하게 맞추는 것은 불가능하다.

유효 사거리란 말 그대로 총알이 발사되어 목표물을 맞혀서 살상 및 파괴 효과를 얻을 수 있는 거리이지 정확하게 맞춘다는 뜻이 아니다.

그런데 적 저격수가 강 건너 1,200미터 거리에서 이쪽의 목표물을 하나같이 미간을 맞혔다는 것은 도저히 불가능한 일인 것이다.

그때 경찰특공대 저격수 한 명이 조준경으로 뭔가를 발견했다. 그런데 강 건너가 아니다.

정면 좌측 청담대교 복판쯤 가장자리 차선에 승용차 한 대가 서 있었다.

그 차 뒤 창문이 반쯤 열려 있고, 그곳에 소총의 총구가 한 뼘쯤 나와 있는 것을 발견한 것이다.

제15장

연정토

R U N N E R
런너

제1수행자 가디언은 런너 정도의 능력은 아니지만 나름대로 가공할 힘을 지니고 있다.

가디언이 염력(念力)을 사용하지 않고 직접 주먹이나 발로 가격해서 파워를 발산하면 30㎝ 두께의 콘크리트 벽을 뚫을 수 있을 정도의 가공할 위력이다.

그런데 텐쵸오는 애송이 런너 연달아에게 짧은 시간에 무려 백 대가 넘는 주먹질과 발길질을 퍼부었지만 죽이지 못하고 있었다.

그녀는 열 대 정도면 연달아를 죽일 수 있을 것이라고 확신했는데 보기 좋게 빗나가고 말았다.

그런데 한 가지 텐쵸오를 불안하게 만드는 일이 발생했다. 연달아가 그렇게 두들겨 맞고서도 피를 한 방울도 흘리지 않고 있다는 사실이다.

런너는 피를 흘리지 않는다. 하지만 애송이 런너는 인간처럼 피를 흘려야 한다. 아직 정상적인 레벨의 런너가 아니기 때문이다.

또한 정상적인 레벨의 런너는 상처를 입지 않는다. 그런데 그렇게 두들겨 맞은 연달아의 얼굴에는 긁힌 상처조차 나지 않았다.

결국 텐쵸오는 주먹으로는 연달아를 죽이지 못한다고 판단하여 다른 방법을 사용해야겠다고 마음먹었다.

그런 생각을 하는 중에도 그녀의 두 주먹은 눈에 보이지 않을 정도의 빠른 속도로 연달아의 얼굴과 상체에 무차별 난타를 가하고 있었다.

휘잉! 횡!

그런데 갑자기 그녀의 주먹이 연달아의 몸을 때리지 못하고 몇 차례 허공을 갈랐다.

쉬이—

그 순간 텐쵸오는 오른쪽에서 하나의 빛이 빠른 속도로 자신을 향해 그어져 오는 것을 힐끗 발견했다.

그녀는 그것이 무엇인지 확인할 겨를도 없이 반사적으로 상체를 뒤로 젖혔다.

쌔액!

그리고 다음 순간 그 빛이 그녀의 콧등을 스치고 지나갔다.

그녀는 자기가 그 빛을 완전히 피했다고 생각했다. 콧등에 느껴지는 싸늘함은 그 빛이 뿜어내는 예기(銳氣) 때문일 것이라고 생각했다.

그런데 그녀는 상체가 뒤로 활처럼 젖혀진 자세에서 자신의 코가 절반쯤 베어져서 뚝 분리되어 허공으로 떠오르는 것을 발견했다.

그다음 순간 그녀는 온몸이 해체되는 듯한 극심한 충격과 고통을 맛보았다.

퍽!

연달아의 막강한 힘이 실린 발등이 그녀의 사타구니를 힘껏 걸어차 버린 것이다.

텐쵸오는 음부와 자궁이 박살 나는 것을 생생하게 느끼면서 허공으로 붕 날아갔다.

그러면서 그녀는 청담대교 한가운데 멈춰 있는 승용차 안에 있는 저격수에게 명령했다.

[저놈… 런너를 죽여라.]

청담대교 중간 지점 가장자리 차선에 멈춰 있는 도요타 캠리의 뒷좌석에 앉아 있는 한 사내는 미특수전사령부의 제식화기 저격용 라이플로 분류된 M2에 반짝이는 7.62㎜ 은빛 탄환 하나를 집어넣었다.

끼릭!

이후 스코프(조준경)를 목표물에 맞추었다. 스코프의 +자 한복판에 고방아에게 걸어가고 있는 연달아의 관자놀이 부위가 정확하게 잡혔다.

불사신 런너를 죽이는 몇 안 되는 방법 중에서 가장 많이 사용되는 것이 은빛 탄환 은탄(銀彈)으로 런너의 뇌를 관통하는 것이다.

그러나 지금까지 은탄으로 런너를 죽인 경우는 단 한 번도 없었다. 단지 부상을 입힌 적은 가끔 있었다.

텐쵸오는 연달아를 죽이기 위해서 저격수를 배치했으며, 은탄 사격은 최후의 방법이었다.

은탄으로 정상 레벨의 런너를 죽이기는 어렵지만 연달아 정도의 애송이 런너를 충분히 죽일 수 있을 것이라는 게 텐쵸오의 확신이다.

텐쵸오의 부하이며 묵인자의 5수행자 중에서 제3수행자의 신분인 디스트로이어(Destroyer:파괴자)는 손가락에 천천히 힘을 주어 방아쇠를 당기기 시작했다.

그런데 디스트로이어가 은탄을 발사하기도 전에 갑자기 천둥소리가 터졌다.

투타타타타—

쿠콰콰콰콰—

바로 옆 차선에 멈춘 경찰특공대 차량 창문으로 튀어나온 MP—5 기관단총과 K—2소총 십여 자루가 도요타 캠리를 향해 집중 사격을 하며 불을 뿜어대고 있었다.

올림픽도로에 있는 경찰특공대 저격수가 도요타 캠리의 적 저격수를 찾아냈고, 그의 무전을 받은 경찰특공대가 이곳을 급습한 것이다.

총격은 경찰특공대원들의 탄창의 탄환이 모두 소진되고서야 멈추었다.

귀를 먹먹하게 하는 천둥소리가 뚝 그치고 괴괴한 적막이 흐르며 매캐한 화약 냄새가 진동했다.

도요타 캠리는 완전히 벌집으로 변했다. 운전석과 뒷좌석 오른쪽에 앉아 있던 두 명은 형체를 분간하기 어려울 정도로 피투성이가 됐다.

묵인자의 제3수행자 디스트로이어는 사살됐다.

비달은 자신을 향해 똑바로 걸어오는 연달아를 무표정한 얼굴로 쳐다보면서 고방아의 목을 움켜잡고 있는 오른손에 힘을 주었다.

우둑.

고방아의 목에서 목뼈 부러지는 소리가 흘렀다. 그리고 그녀의 눈에서 빠르게 동공이 사라졌다.

비달은 방금 전에 텐쵸오가 연달아에게 당하는 것을 똑똑히 보았다.

그러므로 자기는 연달아의 적수가 되지 못한다고 판단했으며, 고방아를 죽이는 것으로 결정을 내렸다.

스파앗!

그 순간 연달아의 환두대도가 허공을 갈랐다.

삭—

비달의 정수리에서 콧등, 입을 거쳐 턱까지 세로로 흐릿한 피의 선이 그어졌다.

그뿐만이 아니라 고방아의 목을 움켜잡고 있는 비달의 오른팔이 팔뚝에서 뎅겅 잘라졌다.

연달아는 쓰러지는 고방아를 가볍게 안고 그녀의 목에서 비달의 손을 떼어내 집어 던졌다.

퍼퍽!

그때 우뚝 서 있던 비달의 몸이 정수리에서 사타구니까지 정확하게 세로로 잘라지며 피와 내장이 확 뿌려졌다. 일도양단된 것이다.

연달아의 눈에 저만치에서 엎드려 있던 강 형사와 다카하시, 경찰특공대들이 부스스 일어나고 있는 것이 보였다.

타앗!

순간 연달아는 고방아를 안은 채 청담대교 방향을 향해 달리기 시작했다.

"저……."

강 형사는 뭐라고 외치려고 연달아를 손으로 가리키다가 멍한 표정이 되었다.

연달아가 순식간에 까마득하게 멀어지더니 불과 4, 5초 사이에 탄천에 도착하고 있었기 때문이다.

최초에 연달아가 있던 곳에서 탄천까지는 최소한 400미터 이상의 거리다. 그렇다면 연달아는 1초에 100미터씩 달렸다는 뜻이다.

강 형사가 보기에 방금 연달아가 달리는 속도는 최소한 시속 100㎞가 훨씬 넘을 것 같았다.

아랑은 아까 연달아하고 헤어졌던 위치에서 한 발자국도 벗어나지 않은 채 그를 기다리는 중이다.

그녀는 너무 초조하고 또 연달아가 걱정이 돼서 눈물도 나오지 않을 정도다.

두 손을 깍지 껴서 가슴에 대고 기도하듯이 계속 중얼거리고 있다.

“하나님, 부처님, 부디 달아 오빠가 무사히 돌아오게 해주세요. 아아, 오빠만 무사하다면 저는 무슨 희생이라도 달게 받겠어요.”

그녀는 종교가 없는 무신론자다. 하지만 너무 초조하고 다급하니까 하나님과 부처님을 동시에 찾으면서 간절하게 기도하고 있다.

“랑아!”

그때 그녀의 뒤 탄천 주차장 쪽에서 이하연이 외치는 소리가 들렸다.

하지만 아랑은 돌아보지 않았다. 오히려 짜증이 났다. 아랑더러 차에서 기다리라고 이하연이 또 잔소리를 하려는 모양이라고 생각한 것이다.

“랑아! 오빠가 오셨어!”

이하연이 다시 외쳤다.

아랑은 이하연이 자기를 안심시키려고 거짓말을 한다고 여기면서도 긴가민가하는 마음으로 몸은 이미 뒤돌아보고 있었다.

그리고 그녀는 이하연이 스타크래프트 밴을 몰고 탄천 주차장에서 올라오고 있는 것을 발견했다.

그것을 보고 아랑은 연달아가 이미 차 안에 있다는 사실을 직감하고 차가 멈추자마자 안으로 뛰어들었다.

"오빠!"

그녀는 뒷자리 시트를 눕혀서 침대를 만든 곳에 연달아가 앉아 있는 것을 발견하고 비명을 지르듯 외쳤다.

"랑아! 문 닫아!"

스타크래프트 밴은 이미 봉은교를 향해서 가고 있는데 이하연이 소리 질렀다.

아랑은 급히 문을 닫고 연달아에게 다가갔다. 그녀의 시선은 침대에 눕혀져 있는 고방아에게 향했다. 아랑은 잔뜩 겁먹은 표정을 지었다.

"주, 죽었어요?"

양쪽 견갑골에 비수가 꽂히고 목이 완전히 꺾여 있는 고방아를 보고 아랑이 사색이 되어 몸을 벌벌 떠는 것은 지나친 반응이 아니다.

"괜찮다. 걱정 마라."

연달아는 굳은 표정으로 그렇게 말하고 나서 두 손으로 감싸듯 고방아의 목을 부드럽게 잡고 똑바로 펴면서 전능을 일으켰다.

뚜둑, 뚝…….

뼈 부러지는 소리가 섬뜩하게 나면서 고방아의 긴 목이 똑바로 펴졌다.

연달아는 이번에는 고방아의 양쪽 어깨에서 거침없이 비수를 쑥 뽑았다.

푹! 하고 피가 뿜어지자 그는 재빨리 두 손으로 상처 부위를 막으며 다시 전능을 일으켰다.

이제는 전능을 일으키려고 마음만 먹으면 때와 장소를 가리지 않고 그의 뜻에 따라준다.

아랑은 연달아 옆에 무릎을 꿇고 앉아서 숨을 멈춘 채 그 광경을 지켜보았다.

잠시 후에 연달아가 두 손을 떼자 고방아의 어깨에서는 더 이상 피가 흐르지 않았다.

그리고 어디에 비수를 찔렀는지조차도 찾을 수 없을 정도로 어깨가 깨끗해졌다. 다만 티셔츠가 뚫리고 피가 묻어 있을 뿐이다.

그러나 고방아의 얼굴은 핏기 없이 너무나 창백했다.

연달아는 고개를 숙이고 고방아의 코에 귀를 갖다 댔다. 그런데 숨소리가 들리지 않았다. 다시 귀를 그녀의 가슴에 밀착시켰는데 심장이 뛰지 않고 있다.

그는 고개를 들고 고방아의 티셔츠 목 아래로 손을 쑥 집어넣어 브래지어 아래로 그녀의 풍만한 왼쪽 젖가슴을 부드럽게 움켜잡고 전능을 일으켰다. 정지한 심장을 다시 뛰게 하려는 것이다.

퉁퉁퉁.

잠시 후에 비로소 고방아의 심장이 박동을 시작했고, 얼굴에 발그레 핏기가 돌아오고 있었다.

연달아는 조금 더 전능을 불어넣어 주려고 그대로 가만히 있었다.

그런데 그때 고방아가 눈을 번쩍 떴다. 그녀를 굽어보고 있는 연달아의 눈과 아주 가까이에서 정면으로 마주쳤다.

고방아가 슬쩍 인상을 썼다.

퍽!

"어딜 만지는 거야?"

다음 순간 고방아의 주먹이 연달아의 턱을 후려갈겼다.

슥—

고방아는 마치 한숨 잘 자고 일어나는 것처럼 부스스 상체를 일으키면서 연달아 쪽으로 돌아앉았다.

짜악!

그때 난데없이 아랑이 조그만 손으로 힘껏 고방아의 뺨을 때렸다.

고방아는 어이없다는 듯 슬쩍 인상을 쓰면서 아랑을 쳐다보며 물었다.

"넌 뭐니?"

아랑은 두 눈에 눈물이 가득 고인 모습으로 고방아를 노려보며 바락 악을 썼다.

"언니는 나빠요!"

"내가 왜?"

"언니를 살려준 오빠를 왜 때리는 거예요? 오빠가 뭘 잘못했어요?"

"응?"

고방아는 눈을 깜빡거리면서 잠시 뭔가 생각하더니 갑자기 깜짝 놀랐다.

"그래! 텐쵸오!"

그녀는 그제야 조금 전까지의 상황이 한꺼번에 와르르 생각이 나서 소리쳤다.

연달아가 텐쵸오에게 무차별 두들겨 맞던 일, 자기가 비달에게 비수에 찔리고 나서 목이 부러졌던 마지막 순간이 너무도 생생하게 기억났다.

그리고는 어떻게 된 영문인지 모르지만 연달아가 자길 살렸다는 사실을 깨달았다.

하지만 그녀는 고맙다는 인사 대신 차갑게 연달아를 노려보았다.

"그런데 유방은 왜 잡고 있었어?"

"심장이 멈춰서 뛰게 하려고 그랬소."

"그래?"

　그것뿐이다. 고방아는 여전히 살려줘서 고맙다는 인사도, 그런 표정도 짓지 않았다.

　아랑은 그런 고방아가 못마땅해서 있는 힘을 다해서 흘겨보았다.

　옛말에 미우니까 업어달란다고, 그렇지 않아도 사랑의 라이벌이라고 여기고 있는 고방아의 그런 행동이 아랑은 미워서 죽을 지경이다.

　고방아는 차 안을 두리번거리면서 물었다.

　"텐쵸오는 어떻게 됐어?"

　"도망쳤소."

　연달아의 조용한 대답에 고방아는 발끈 인상을 썼다.

　"그년을 죽여야지 왜 놔줘?"

　"그대를 살리는 것이 더 급했소. 미안하오."

　아랑은 연달아가 천방지축 날뛰는 고방아에게 계속 저자세인 것도 못마땅했다.

　아랑은 연달아가 어째서 고방아에게 연연하고 있는지 이유를 알고 있다.

　고방아가 연달아의 정혼녀인 가연공주이기 때문이다. 그래도 못마땅한 것은 못마땅한 것이다. 고방아는 한마디로 싸가지가 없다.

　"어디로 가는 거야?"

고방아는 운전석 쪽을 쳐다보며 툭 내뱉듯이 물었다.

"그냥 아무 데나 가는 거예요. 아까 거기는 빠져나와야 할 것 같아서."

"언니, 우리 집으로 가."

"알았어."

이하연의 말에 아랑이 행선지를 정해주었다.

고방아는 다시 한 번 차 안을 둘러보며 중얼거렸다.

"뭐 이런 차가 다 있어?"

TV는 뉴스와 교양 프로, 클래식 음악 방송, 다큐멘터리밖에 보지 않는 고방아가 인기 연예인들이 즐겨 타는 스타크래프트 밴을 알 리가 없다.

"내 차예요."

아랑이 입술을 삐죽거리면서 대답했다. 그녀는 아직도 고방아에 대한 화가 풀리지 않았다.

고방아는 어이없는 듯한 얼굴로 아랑을 보며 물었다.

"너 몇 학년이니?"

"고2예요."

고방아는 길고 흰 손가락으로 아랑과 이하연을 번갈아 가리켰다.

"너희 부모가 학생에게 이런 고급차를 사준 거야? 운전사까지 딸려서?"

"내가 내 돈으로 샀어요."

고방아는 가소롭다는 듯 손가락으로 아랑의 코를 찌를 듯이 가리켰다.

"네가? 패스트푸드점 알바해서 돈 벌었니? 한 달에 얼마나 버는데?"

아랑은 고방아를 똑바로 쏘아보면서 종알거렸다.

"언니, 나 얼마 벌지?"

이하연이 약간 목에 힘을 주고 대답했다.

"글쎄, 너 한 달 수입이 15억쯤 되지, 아마?"

"……."

고방아는 아무 소리도 못했다. 아랑과 이하연이 죽이 맞아서 거짓말을 하고 있다고 생각한 것이다.

그런데 운전을 하고 있는 이하연의 목소리에 조금 더 힘이 들어가고 의기양양해졌다.

"음반 수입하고 드라마, 영화 수입에다가… 그래도 CF 수입이 제일 많을 거야."

그제야 고방아는 뭔가 조금 감이 잡히는 표정이다.

"너… 연예인이야?"

"나 몰라요?"

아랑은 얼마 전에 연달아에게 했던 질문을 똑같이 했다.

고방아는 의아한 표정을 지으며 반문했다.

"알아야 하니?"

그녀의 대답은 연달아하고 똑같았다.

하지만 고방아는 속으로 많이 놀랐다. 여고 2학년인 아랑의 한 달 수입이 15억이라는 것은 웬만한 중소기업 이상이기 때문이다. 아니, 일개인의 순수입이 그 정도라면 대기업 수준이다.

고방아는 연달아하고 아랑을 번갈아 쳐다보며 궁금한 표정을 지었다.

"그런데 두 사람 어떤 관계야?"

아랑이 톡 끼어들었다. 결정적 마무리 펀치를 먹일 기회라고 생각한 것이다.

"우린 한 몸이나 같아요."

"그래?"

고방아는 그러냐는 듯 가볍게 고개만 끄덕이며 별 반응을 보이지 않았다.

하지만 아랑은 방금 그녀의 눈동자가 가볍게 흔들리는 것을 놓치지 않았다. 충격을 받았다는 뜻이다.

아랑은 두 팔로 연달아의 팔을 잡고 가슴에 꼭 안으며 행복한 표정을 지었다.

"우린 곧 결혼할지도 몰라요."

강도 높은 뻥을 쳐봤다.

“결혼식 때 나는 못 갈 테니까 미리 축하한다.”

고방아는 건성으로 고개를 끄덕였다.

하지만 아랑은 그녀가 짧은 순간에 연달아를 싸늘하게 노려보는 것을 놓치지 않았다.

더구나 아랑은 연달아가 묵묵히 가만히 있는 것이 너무나 마음에 들었다.

그때 연달아의 점퍼 속에서 갑자기 노래가 흘러나왔다.

아침에 눈을 뜨면
쏟아지는 햇살보다도 먼저
당신을 느끼네.

연달아는 의아한 표정을 지었다. 자기가 2012년 대한민국에서 알고 있는 사람, 즉 아랑과 고방아는 둘 다 여기에 있다. 그러므로 그에게 전화를 할 사람이 없는 것이다.

아침에 눈을 뜨면
가을의 차가운 공기보다도 먼저
당신을 만져보네.

휴대폰에서는 계속 노래가 흘러나왔다.

그러자 아랑이 연달아의 점퍼 지퍼를 내리고 목에 걸고 있는 휴대폰을 꺼내서 살펴보더니 의아한 표정으로 고개를 갸웃거렸다.

"처음 보는 번호네?"

연달아는 통화 버튼을 누르고 귀에 갖다 댔다.

전파를 타고 상대의 묵직하고도 낮은 목소리가 연달아의 고막을 울렸다.

"연정토입니다."

"……!"

연달아의 눈이 커지고 얼굴이 놀라움으로 물들었다.

전화 목소리가 조금 이상하기는 하지만, 연달아는 방금 들은 목소리가 연정토가 틀림없다고 확신했다. 자신의 친형 목소리를 알아듣지 못할 리가 없다.

2012년 대한민국에 있는 연정토라면 연연화의 부친이다. 연연화는 청담사거리에서 포르쉐로 연달아를 쳤던 꽁지머리 고선우의 애인이다.

교통사고를 내서 합의를 하러 온 고선우와 연연화를 보고 또 그들의 이름과 아버지의 이름을 듣고 연달아는 크게 놀라고 또 이상하게 생각했었다.

꽁지머리 고선우는 연달아가 고구려 요동욕살 시절에 오른팔로 데리고 있었던 처려근지 유성왕자 고선우와 용모와 이름까지 똑같았으며 부친의 이름까지 고연으로 같았다. 그의 부친은 보장태왕의 친동생이다.

또한 연연화의 아버지 연정토는 연개소문의 넷째 아들이며 연달아의 친형이다. 그러므로 연연화는 연달아의 친조카가 되는 셈이다.

그리고 그녀는 처려근지 고선우의 부인으로 오골성에서 함께 살았다.

그 연연화의 부친이며 연달아의 바로 위의 형이라고 여겨지는 연정토가 느닷없이 연달아에게 전화를 한 것이다.

휴대폰에서 흘러나온 말을 듣고 고방아는 의아한 표정을, 아랑은 크게 놀랐다.

연달아는 흥분을 감추지 못하고 휴대폰에 대고 소리쳤다.

“사형님이십니까?”

“……”

사형님, 즉 넷째 형님이라는 말에 저쪽에서 아무 소리도 들리지 않았다.

이윽고 잠시 후에 휴대폰에서 울음을 참는 듯한 목소리가 흘러나왔다.

“그… 렇습니다. 저는 연정토입니다……”

“사형님!”

연달아는 와들와들 떨리는 두 손으로 휴대폰을 붙잡고 울부짖었다.

"살아 계셨군요! 사형님! 소제 달아, 연달아입니다!"

"그렇군요., 아우님……."

"크흐흑! 사형님……!"

고방아는 원래 큰 눈을 더욱 크게 뜨고 놀라면서 연달아를 바라보는데 두 눈이 촉촉하게 젖어들었다.

아랑은 장구한 1344년의 세월을 가로질러서 형제가 전화상으로 뜨겁게 상봉하는 것을 듣고는 숨을 쉬지 못할 정도로 몰아쉬며 흐느껴 울고 있었다. 연달아의 지금 심정을 누구보다도 잘 이해하기 때문이다,

"차를 보냈으니까 이쪽으로 오십시오."

연정토의 말투는 매우 정중했다.

"아우님 앞쪽에 비상등을 켜고 있는 차입니다. 그 차로 옮겨 타십시오."

세 사람이 동시에 앞창을 통해서 앞을 쳐다보니 한 대의 마이바흐가 비상등을 켠 채 스타크래프트 밴의 5미터쯤 앞에서 가고 있었다.

아랑이 눈물을 닦을 생각도 하지 않고 주먹을 꼭 움켜쥔 채 휴대폰에 대고 외쳤다.

"이 차로 가겠어요!"

"아우님과 고방아님 두 분만 오십시오."

고방아는 깜짝 놀랐다. 그녀는 연정토를 모르는데 연정토
는 그녀를 알고 있으며, 지금 연달아하고 함께 있다는 사실까
지 알고 있지 않은가.

그러고 보니까 의문은 그것뿐이 아니다. 연정토는 연달아
의 휴대폰 전화번호까지도 알고 있다.

고방아는 바이크와 자동차 마니아이기 때문에 앞창으로
보이는 고급 승용차가 마이바흐DS8제플린이며 차량 가격이
10억에 가깝다는 사실을 알고 있다.

연달아를 태우러 마이바흐를 보낼 정도라면 대한민국에서
도 굉장한 신분이 분명할 것이다.

연정토의 말에 연달아는 아랑을 쳐다보았다. 그러자 아랑
은 그의 허벅지에 마주 보고 폴짝 올라앉아서 절대로 떨어지
지 않겠다는 듯 가슴으로 파고들며 찰싹 달라붙었다.

두 팔로는 그의 등을, 두 다리로는 허리를 죄듯이 끌어안은
채 마음대로 해보라는 식이다. 백 마디 말보다 행동으로 자신
의 의지를 보여주고 있었다.

연달아는 한 손으로 아랑의 궁둥이를 받쳐 안고 휴대폰에
대고 조용히 말했다.

“이 아이도 함께 가면 안 되겠습니까?”

“그러십시오. 그럼 앞차를 따라오도록 하십시오.”

그 말을 듣고 아랑은 온몸으로 연달아를 안은 채 그가 너무

고마워서 바르르 몸을 떨었다.

고방아는 지금 일어나고 있는 일이 믿어지지 않는다는 표정을 지은 채 연달아를 바라보았다.

연정토는 비단 고방아의 존재를 알고 있는 것만이 아니라 이 차에 아랑이 타고 있는 것까지도 훤하게 알고 있는 것이다.

연달아는 물끄러미 고방아를 바라보다가 손을 뻗었다.

고방아는 가볍게 움찔했으나 피하지 않았다.

연달아의 손이 부드럽게 고방아의 뺨을 쓰다듬었다.

고방아는 묘한 기분이 들었다. 누군가, 더구나 남자가 그녀의 뺨을 만진 적은 한 번도 없었다. 그녀는 고개를 갸웃거리고 어깨를 움츠리더니 결국 연달아를 슬쩍 흘기면서 그의 손을 가볍게 쳐냈다.

연달아는 이하연의 뒷자리로 옮겨와서 시트에 몸을 묻은 채 깊은 생각에 잠겼다.

그러는 동안에도 아랑은 그에게 찰싹 달라붙어서 떨어지지 않고 그의 가슴에 뺨을 묻고 있었다.

고방아도 자리를 옮겨 연달아 옆자리에 앉아서 그녀 나름대로 생각에 잠겨들었다.

*　　*　　*

마이바흐는 연달아 일행을 한남동으로 안내했다.

고방아는 서울에서 한남동이 부촌으로 손꼽힌다는 말은 들었지만 직접 와보는 것은 처음이다.

남산 남쪽 자락에 위치한 한남동 일대는 대사관들이 밀집해 있는 지역으로 위쪽에 있는 집들은 초호화 주택, 아니, 대저택들이었다.

대부분의 저택들이 집이 아니라 하나의 거대한 성채(城砦)처럼 여겨져서 보는 사람을 압도했다.

더구나 까마득하게 높은 담으로 둘러싸여 있어서 밖에서는 안쪽이 일체 보이지 않았다.

특히 지금 연달아 일행이 가고 있는 그랜드하얏트호텔 인근의 저택들은 최고수준인 것 같았다.

이윽고 마이바흐가 어느 집, 아니, 성이라고 불러야 할 정도로 어마어마한 저택 앞에 잠시 멈추었다가 정문이 자동으로 열리자 안으로 미끄러져 들어갔고, 스타크래프트 밴도 따라서 들어갔다.

아랑은 연달아의 품에 안긴 채 창을 통해서 바깥을 내다보면서 배시시 뜻 모를 미소를 짓고 있는데, 그 이유는 그녀와 이하연만 알고 있다.

두 대의 차가 넓은 정원을 가로질러서 차례로 3층 본채 건물 앞에 멈추었다.

본채 입구 앞에는 정장 차림의 한 사람이 서 있고 그 뒤 양쪽에 역시 정장을 입은 두 사람이 호위하듯이 서 있는데, 연달아는 그들 중에 가운데가 연정토라는 것을 한눈에 알아보고 기쁨을 감추지 못했다.

연달아가 시트에서 일어나자 아랑은 그제야 아쉬운 듯 그에게서 떨어졌다.

연달아를 선두로 아랑과 고방아, 이하연이 차에서 내리고 연정토가 세 사람을 향해 다가왔다. 연정토 뒤를 보디가드로 보이는 두 명의 사내가 따라왔다.

연달아 등은 멈춰서 연정토가 걸어오는 것을 지켜보았다.

마이바흐에서 내린 두 명의 정장 차림의 사내는 본채 앞에 나란히 섰다.

연달아는 가까이 걸어오고 있는 연정토를 보면서 기쁜 중에도 이상한 생각이 들었다.

연달아가 늦둥이라서 연정토하고는 열두 살 차이가 난다. 즉, 두 사람은 띠 동갑인 셈이다. 그래서 연정토의 나이는 올해 36세다.

그런데 지금 다가오고 있는 연정토는 아무리 적게 잡아도 50대 중반은 돼 보였다.

그래도 연정토가 분명했다. 연달아하고는 달리 그리 크지 않은 중간 정도 키에 다부진 체구, 짙은 눈썹과 부리부리한 눈, 두툼한 입술, 연개소문과 그 아들들의 유전적 특징인 강파른 인상의 광대뼈가 돋보였다.

연달아는 앞으로 두세 걸음 다가가며 감격에 겨운 표정을 지었다.

"사형님!"

"아우님!"

연달아는 눈물을 글썽이면서 두 손을 내밀었고, 연정토는 걷기 시작하면서도부터 흘린 눈물로 뺨을 적신 채 연달아의 두 손을 덥석 잡았다.

두 사람은 감격 어린 표정으로 잠시 쳐다보다가 말없이 서로를 깊고 뜨겁게 포옹했다.

연달아 뒤쪽에 서 있는 아랑은 그 광경을 보면서 감격하여 흐르는 눈물을 주체하지 못했다.

아랑 옆에 서 있는 이하연은 단지 연달아가 친형을 만난 것으로 생각하여 기쁨의 눈물을 흘리고 있었다.

다만 고방아만이 가볍게 눈살을 찌푸리면서 연달아와 연정토를 주시했다.

그녀는 어떻게 연달아의 친형이 2012년 대한민국에 있을 수 있는 것인지에 대해서 생각하고 있었다.

또한 연정토는 전화상으로 고방아를 알고 있는 것처럼 말했다. 대체 그가 어떻게 고방아를 알고 있다는 말인가.

"들어가시죠."

연정토는 한 걸음쯤 앞서 걸으며 연달아를 본채 입구로 안내했다.

연달아는 처음에 연정토가 전화를 했을 때부터 의아하게 생각하는 게 한 가지 있었다.

고구려에서의 연정토는 막내인 연달아를 극진하게 위해주었으나 존대를 하지 않았다.

그런데 이곳의 연정토는 연달아를 막냇동생이 아닌 윗사람에게 하듯이 깍듯하게 대하고 있다.

제16장

여황(女皇)

RUNNER
런너

    본채 3층의 서재와 응접실을 절반씩 섞어놓은 듯한 구조의 넓고 화려한 방에 연달아와 고방아, 연정토 세 사람이 마주 보고 앉아 있다.

    실내에는 세 사람뿐이다. 아랑이 연달아와 떨어지지 않겠다고 떼를 썼으나 연정토의 완강한 거절 앞에서는 아무 소용이 없었다.

    한쪽 벽이 전부 창문인 곳 옆에 놓인 고급스러운 소파에 연달아와 고방아가 나란히 앉아 있고, 맞은편에 연정토가 혼자 앉아 있다.

연달아는 연정토에게 물어보고 싶은 것이 많았으나 그가 먼저 말하기를 기다렸다.

연정토는 감격에 겨워서 쉽사리 말문을 열지 못하는 듯했다. 무릎 위에 얹은 두 손을 맞잡고 꼿꼿하게 세운 상체를 약간 앞으로 숙인 자세로 연달아에게서 시선을 떼지 못하고 있었다.

그는 가끔 고방아를 쳐다보곤 했으나 연달아를 주시하는 시간이 훨씬 길었다.

그의 눈은 감격으로 촉촉하게 젖었고 입은 기쁨으로 엷은 미소를 머금고 있었다.

"여쭙고 싶은 것이 있습니다."

이윽고 이 방에 들어온 지 5분 만에 연정토가 처음으로 입을 열었다.

"말씀하십시오."

연달아는 그가 왜 이처럼 존대를 하는지 이유가 있을 것이라고 생각했다.

"당신은 고구려에서 오셨습니까?"

뜻밖의 질문에 연달아는 고개를 끄덕였다.

"그렇습니다."

"저는 당신을 처음 보지만 첫눈에 당신이 연달아라는 사실을 알아보았습니다."

‘연달아를 처음 본다’ 라는 말에 연달아는 조금 충격을 받은 듯한 표정을 지었다.

그를 처음 본다면서 연정토가 어떻게 그의 형일 수가 있다는 말인가.

아니, 그는 연정토가 분명하거늘 연달아를 처음 본다는 것이 말이 되지 않았다. 그렇다면 그는 고구려에서 온 것이 아닐지도 모른다.

연정토는 매우 진지하게 말을 이었다.

“저는 서기 1957년에 이곳 대한민국 서울에서 태어난 서울 토박이입니다.”

“설마…….”

“잠시 제 말을 들어주십시오.”

연달아가 무슨 소리냐는 듯 입을 열려고 하자 연정토가 정중하게 제지했다.

연정토는 연달아와 고방아를 한차례씩 보고 나서 시선을 연달아에게 고정시켰다. 그리고 지금까지보다 더욱 진지한, 아니, 엄숙한 표정을 지었다.

“지금부터 제가 드리는 말씀은 추호도 거짓이 없습니다. 그러므로 두 분은 무조건 믿으셔야만 합니다. 그런 전제 없이는 얘기를 시작하지 않겠습니다. 두 분은 제 말을 믿으시겠습니까?”

"믿겠습니다."

연달아는 즉시 고개를 끄덕였으나 고방아는 복잡한 표정으로 연정토를 바라볼 뿐 즉답하지 않았다.

그녀는 연달아를 쳐다보았다. 그가 나타난 이후 여태까지 벌어진 일들을 그녀는 이제 믿을 수밖에 없는 상황이 되었다. 그렇기 때문에 그 연장선상에 놓여 있는 연정토의 말도 믿어야만 할 것 같았다.

"음! 믿겠어요."

너무 긴장했던 탓인지 말이 잘 나오지 않아서 그녀는 목을 가다듬은 후에야 대답을 했다.

그녀가 대답을 하고서도 잠시가 지나서야 연정토는 가라앉은 목소리로 말문을 열었다.

"이 이야기는 돌아가신 아버님에게 들었습니다. 지금으로부터 56년 전인 1956년에 어떤 낯선 분이 저희 아버님을 찾아오셨습니다."

연달아는 의문과 궁금증이 먹구름처럼 피어났으나 꾹 참고 이야기를 들었다.

연정토의 부친 이름은 연희우다. 대한민국에서는 희성 중에서도 희성인 연(淵) 씨 성을 쓰고 있으나, 족보도 남아 있지 않았으며 친척조차 한 명도 없었다.

그렇기 때문에 자신의 성이 '연 씨'인 것만 알고 있을 뿐이지 뿌리에 대해서는 아는 바가 전혀 없었다.

그런데 연희우를 찾아온 낯선 사람은 그에게 놀라운 사실을 알려주었다.

연희우가 고구려의 대막리지였던 연개소문의 제46대 직계 손이며, 현존하는 단 한 명의 후손이라는 것이다.

그러면서 고구려가 멸망할 당시의 상황과 연개소문의 다섯 아들에 대해서 자세히 설명해 주었다.

즉, 연개소문의 다섯 아들 중에서 첫째 연남생과 둘째 남건, 셋째 남산의 가족은 모두 당나라로 끌려가서 구차한 삶을 살다가 후손을 잇지 못하거나 당나라 사람의 피가 섞인, 즉 혼탁한 후손만을 남겼다.

넷째 연정토는 고구려 멸망 후에도 항거를 계속하다가 신라군에게 붙잡혀서 끌려갔으며, 풀려난 이후 신분을 감추고 경상도 땅 경주에서 자리를 잡고 머물게 되었으며, 그 후손이 끊어지지 않고 오늘날까지 이어져서 연희우에 이르렀다고 한다.

다섯째 아들 연달아는 요동욕살로서 고구려 멸망 이후에도 최후까지 항전하다가 실종되었다고 했다.

그러나 연희우를 찾아온 낯선 사람은 단지 연 씨 족보에 대해서만 말해주려고 온 것이 아니었다.

그는 연희우 부부에게 곧 아들이 생길 테니 그의 이름을 연정토라 지으라고 말했다. 부탁하는 것이 아니라 명령처럼 들렸다고 했다.

그 당시에 연희우 부부는 넉넉하지 않은 살림에 딸만 세 명 있었을 뿐이다.

낯선 사람은 마지막으로 한 장의 지도와 그때 당시로는 엄청난 거액인 500만 환을 주면서 아들이 태어나면 지도에 표시해 놓은 산을 사서 금광으로 개발하여 부를 축적하라고 일러주고는 훌쩍 떠나 버렸다.

그로부터 다섯 달 후에 낯선 사람이 예언했던 것처럼 연희우 부인이 임신을 했으며, 이듬해 1957년에 금쪽같은 아들을 낳았다.

연희우는 아들의 이름을 연정토라 짓고 난 이후 낯선 사람이 주고 간 지도에 적힌 전라도의 어느 산을 사들여서 광산 개발을 시작했다.

그런데 그것이 말 그대로 노다지였다. 금광에서 속속 금맥이 발견되고 금덩어리가 쏟아져 나온 것이다.

연희우는 졸지에 벼락부자가 되었다. 오래지 않아서 그는 대한민국에서도 열 손가락 안에 꼽히는 부자가 되었다.

세월이 흘러서 외아들 연정토가 33세가 되었을 때 연희우는 대한민국을 대표하는 재벌 그룹의 총수가 되어 있었다.

그 해가 1990년이었는데, 낯선 사람이 두 번째로 연희우를 방문한 해였다.

그런데 낯선 사람은 34년이 흘렀는데도 처음에 연희우를 찾아왔을 때하고 조금도 다름없는 모습이었다. 즉, 하나도 나이를 먹지 않았다는 뜻이다.

낯선 사람이 처음에 연희우를 찾아왔을 때 30대 초반의 나이였는데 두 번째 찾아왔을 때에도 여전히 30대 초반의 나이로 보였다.

처음에 그랬던 것처럼 두 번째에도 불쑥 찾아온 낯선 사람은 연희우에게 두 가지 지시를 했다.

첫째는 연정토의 하나뿐인 딸의 혼처였다. 서울 강남의 고연이라는 땅 부자가 살고 있는데, 그의 아들 고선우에게 딸을 시집 보내라는 것이었다. 당시 연정토의 딸은 불과 한 살이었다.

두 번째 지시는, 연희우와 연정토 두 사람이 일본으로 건너가서 한 사람을 만나고 오라는 내용이었다. 그러고 나서 낯선 사람은 홀연히 떠나 버렸다.

거기까지 일사천리로 말하고 나서 연정토는 잠시 숨을 골랐다. 그사이에 연달아가 조용히 물었다.

"그런데 낯선 사람이 누구였습니까?"

연정토는 일어나서 서가에 꽂혀 있는 두툼한 책 한 권을 갖고 제자리로 돌아왔다.

책을 탁자에 놓고 갈피를 해놓은 곳을 펼치니까 그곳에서 오래된 듯한 색 바랜 사진 한 장이 나왔다.

연정토는 매우 조심스럽게 사진을 집어 들었다.

"낯선 분이 두 번째 찾아오셨을 때 아버님께서 졸라 겨우 사진 한 장을 찍을 수 있었습니다."

연달아는 연정토가 두 손으로 공손히 내민 사진을 받아서 묵묵히 살펴보았다.

책 절반 크기의 사진에는 세 명의 남자가 나란히 서서 미소를 짓고 있는 모습이 찍혀 있었다.

사진의 왼쪽에는 지금보다 훨씬 젊어 보이는 30대 연정토의 모습이 있고, 그 옆에는 연정토의 아버지 연희우인 듯한 노신사가 서 있었으며, 오른쪽에는 조그만 여자아이를 안고 있는 30세가량의 사내가 있었다.

그런데 그 사내의 모습을 본 연달아는 크게 놀라서 하마터면 사진을 떨어뜨릴 뻔했다.

"황제 폐하……."

사진 속의 사내는 연달아가 요동 정자산 동굴 안에서 만났던 그 사내가 분명했다.

그리고 고방아의 지갑 속에 들어 있는 아버지의 모습이기도 했다. 즉, 보장태왕인 것이다.

연달아는 사진을 조심스럽게 고방아에게 건네주었다.

고방아는 지금까지 연정토가 한 이야기가 자못 흥미롭기는 하지만 자기하고는 별 관계가 없는 것이라고 생각했다.

그런데 사진을 본 연달아가 갑자기 '황제 폐하' 라고 하자 의아한 생각이 들었다.

고방아는 무심코 사진을 보다가 자신도 모르게 시선이 오른쪽으로 이끌렸다.

거기에 어린 여자아이를 안고 있는 사내를 보는 순간 그녀는 소스라치게 놀랐다.

"아……."

고방아는 어린 시절의 사진이 한 장도 없다. 보육원에서 무슨 기념사진을 찍었을 리가 없다.

하지만 그녀는 사진 속의 여자아이가 자기일 것이라고 짐작했다. 아니, 확신했다.

왜냐하면 그 여자아이를 안고 미소를 짓고 있는 사내가 바로 아버지였기 때문이다.

자나 깨나 단 한 순간도 잊지 않았던, 아니, 잊을 수가 없었던 아버지다.

그러면서도 자기를 보육원에 버리고 가서 천애고아로 만들었기에 한시도 원망하지 않은 적이 없는 비정한 아버지이기도 했다.

고방아의 서글서글하고 아름다운 두 눈에 금세 눈물이 가득 차올랐다가 뺨을 타고 흘러내렸다.

하지만 그녀는 곧 입술을 힘껏 깨물면서 터져 나오려는 울음을 참더니 사진을 펼쳐진 책 위에 내려놓았다.

연정토가 다시 조용히 말문을 열었다.

"1990년에 저와 아버님은 낯선 분의 두 번째 지시를 이행하기 위해서 일본에 갔었습니다. 그리고 어떤 분을 배견(拜見)했습니다."

배견이란 누군가를 만났다는 말의 극존칭이다. 그로 미루어 연정토와 연희우가 만난 사람이 매우 존귀한 신분이라는 것을 짐작할 수가 있다.

연정토는 단도직입적으로 말했다.

"그분의 존함은 연개소문이었습니다. 저와 아버님의 46대 조 조상이셨습니다."

연달아는 너무 놀라서 자리를 박차고 벌떡 일어났다.

"아버님께서?"

연정토는 긴 설명을 끝내고 밖으로 나갔다. 아니, 연달아와 고방아가 생각을 정리할 수 있는 시간을 주기 위해서 잠시 자리를 피해준 것이다.

방 안에 남은 연달아와 고방아는 아무 말도 하지 않고 침묵을 지키고 있다.

할 말이 없어서가 아니라 너무 많기 때문이다. 그리고 지금은 말을 할 때가 아니라 생각을 정리할 때다.

연정토에게 들은 이야기가 너무나 많고 또 엄청난 내용이기 때문이다.

하지만 연정토에게서 똑같은 설명을 들었음에도 불구하고 연달아와 고방아는 각기 다르게 받아들였다.

연달아는 연정토의 말을 백 퍼센트 믿는 반면에 고방아는 아직 많은 부분을 믿지 못하고 있다.

물론 요 며칠 사이에 일어난 불가사의한 일들을 미루어봤을 때 그녀는 연정토의 말을 믿을 수밖에 없고 또 믿어야만 한다.

그런데도 그녀는 믿으려고 하지 않았다. 마음의 문을 닫아버렸기 때문이다.

이유는 간단했다. 아버지가 자기를 버렸다는 사실 하나 때문에 현실을 인정하려고 들지 않는 것이다.

연정토의 말을 모두 믿는 연달아는 그렇게 오랫동안 고심할 필요가 없었다.

그는 일찌감치 생각을 끝내고 아까부터 물끄러미 고방아를 바라보는 중이다.

몹시 심각한 표정을 지으면서 생각에 잠겨 있던 고방아는 연달아의 시선을 의식하고 날카롭게 그를 쳐다보았다.

“왜?”

그녀는 단지 짧게 ‘왜?’ 라고 물었지만, 연달아는 그 속에 함축되어 있는 뜻을 충분히 짐작했다.

“폐하께선 필시 무슨 사연이 계셨을 것이오.”

고방아는 눈에 고이는 눈물이 성가신 듯 필요 이상의 동작을 해 보이며 날카롭게 외쳤다.

“사연은 무슨 사연! 딸을 내버릴 정도의 사연이 대체 뭐라는 거야?”

그녀는 흥분했다. 그래서 내친김에 속에 담고 있던 말을 쏟아냈다.

“나는 엄마가 누군지도 어디에 계신지도 몰라! 웃기지 않아? 나도 사람인 이상 누군가에게서 태어났을 거 아냐! 그런데 날 낳은 사람에 대해서 아무것도 모른다는 거야! 부모에 대한 기억이 전혀 없어! 내가 기억하는 거라곤 지독한 외로움과 고생뿐이야!”

연달아는 깊은 이해와 동정심으로 그녀를 바라보았다. 그는 연정토에게서 들은 엄청난 내용을 머릿속으로 정리하는 것보다 고방아를 달래주는 것이 우선이라고 생각했다.

“이렇게 생각해 보시오.”

“뭘?”

“정토 형님께서 설명해 주신 내용에 대해서는 믿소?”

고방아는 입술을 잘근잘근 깨물면서 연달아를 쏘아보더니 마지못한 듯 대답했다.

"믿어."

"전부 믿소?"

"그래."

연달아는 부드러운 미소를 지었다.

"그렇다면 그대는 폐하께서……."

"폐하라고 하지 마!"

"알겠소. 그대는 아버님께서 그대를 보육원이라는 곳에 버리고 갔다는 사실 때문에 화가 나 있는 것이오?"

고방아는 대답하지 않았다. 하지만 연달아는 굳이 대답을 들으려고 하지 않았다. 그녀의 침묵이 곧 긍정이라고 생각한 것이다.

"아버님께서 왜 그렇게 하셔야만 했는지 조금 전에 정토 형님에게 설명을 듣고도 이해하지 못하는 것이오?"

"이해는 해! 하는데……."

연정토는 보장태왕이 묵인자로부터 고방아를 보호하기 위해서 그녀를 철저히 방치할 수밖에 없었다고 설명했다.

연달아는 고개를 끄덕였다.

"얼어버린 마음이 녹지를 않는 것이로군. 그대는 너무 심한 상처를 입었소. 그리고 너무 오랜 세월 동안 방치해 두었소. 그래서 곪은 것이오.”

“네까짓 게 뭘 안다고…….”

고방아는 눈물이 가득 고인 눈으로 연달아를 쏘아보았다.

하지만 연달아는 빙그레 미소 지었다.

“그대 아버님은 위대한 분이시오. 고구려가 하지 못한 대업을 2012년 대한민국에서 이루려고 하시는 것이오.”

“그따위 것, 개에게나 줘버려! 대업은 무슨 얼어 죽을. 딸 하나도 못 챙기면서…….”

연달아의 눈빛이 따스해졌다.

“아무래도 그대에게 필요한 것은 정인 것 같소.”

슥—

연달아는 팔을 뻗어 고방아의 어깨에 두르고 가볍게 끌어당겼다.

“이거 놔!”

고방아는 두 눈에 눈물이 가득 고인 채 연달아를 죽일 듯이 쏘아보며 외쳤다.

하지만 연달아는 듣지 못한 듯 팔에 더욱 힘을 주었다.

“이 자식아! 놓으란 말이야!”

고방아는 몸부림치며 두 주먹으로 연달아의 얼굴과 어깨, 가슴을 마구 때렸다.

그렇지만 연달아는 끄떡도 하지 않고 결국 고방아를 품에 안았다.

고방아는 더 이상 반항하지 않았다. 부모에게 한 번도 안겨본 기억이 없는 그녀는 연달아 품에 안겨서 몸을 바들바들 떨며 두 손으로 그의 가슴을 밀어내려고 했다. 하지만 실상 두 손에는 그렇게 힘이 실려 있지 않았다.

연달아는 그녀를 안은 채 아무 말도 하지 않았다. 때로는 수만 마디 말보다 침묵이 더 유용할 때가 있다. 지금이 바로 그때다.

고방아가 갑자기 연달아의 가슴에 얼굴을 묻고 울음을 터뜨렸다.

"엉엉~! 으아앙~!"

아무 말도 하지 않고 그녀는 몸부림치면서 어린아이처럼 울기만 했다.

연달아도 섣불리 그녀를 위로하려고 하지 않고 부드럽게 등을 쓰다듬어 주기만 했다.

서러움이 깊고 길었던 만큼 고방아의 울음은, 아니, 통곡은 차라리 처절했다.

그녀는 10분 이상이나 울어 연달아의 가슴을 흠뻑 적셔놓고는 이윽고 울음을 그쳤다.

그녀는 연달아의 품에서 벗어나 상체를 꼿꼿하게 세우고

는 차갑게 그를 쏘아보았다.

"그렇다고 내가 너를 정혼자 같은 것으로 받아들였다고는 꿈도 꾸지 마."

"알았소."

연달아는 훌쩍거리는 그녀를 보며 넌지시 말했다.

"코를 풀어야겠소."

"이게?"

고방아는 한 대 때릴 듯한 자세를 취했다. 연달아는 빙그레 미소 지으며 가만히 있었다. 때리면 맞겠다는 뜻이다.

그녀는 연달아를 쏘아보고 나서 티슈를 뽑아 힘차게 코를 풀었다.

연달아는 고방아가 진정하기를 기다렸다가 조용한 목소리로 말을 꺼냈다.

"나는 내게 주어진 새로운 삶과 사명을 죽을힘을 다해서 이루어볼 생각이오."

지금 그의 마음속에서는 연정토가 일본에 가서 연개소문을 만나 들었던 말이 용솟음치고 있다.

"고토회복(古土回復). 듣기만 해도 심장이 뛰지 않소?"

'고토(古土)'란 잃어버린 옛 땅이라는 뜻이다. '회복'은 말 그대로 되찾는 것이다. 즉, '고토회복'이란 '잃어버린 옛 땅'을 되찾는다는 뜻이다.

연개소문과 보장태왕이 계획하고 있는 일, 아니, 대업이 바로 고구려가 빼앗긴 광활한 영토를 되찾는 것, 즉 '고토회복'이라는 것이다.

코를 풀고 눈물까지 닦아·해말끔해진 얼굴의 고방아가 반짝이는 눈으로 그를 바라보았다.

"그게 가능하겠어?"

2012년 현재는 한반도마저도 남북 두 개로 찢어져 있는 상황이다.

그리고 중국은 미국을 바짝 추격하면서 빠른 속도로 거인으로 성장하고 있는 중이다.

연개소문과 보장태왕의 대업을 이루자면 한반도를 통일시키고 중국의 영토를 빼앗아야 한다는 뜻이다. 고방아로서는 꿈도 꾸지 못할 일이다.

그러나 연달아는 힘차게 고개를 끄덕였다.

"가능하도록 만들어야 하오. 그대와 나 둘이서 말이오."

고방아는 여태까지 연달아가 한 번도 본 적이 없는 진지한 표정을 지었다.

"내가 힘이 될 수 있을까?"

그녀는 텐쵸오는커녕 비달에게까지 속수무책으로 당했던 기억을 떠올렸다.

연달아는 부드럽게 미소 지으며 손을 뻗어 고방아의 머리를 쓰다듬었다.

그것은 그가 요동 오골성에서 가연공주에게 자주 해주었던 동작이다. 그리고 그녀는 그것을 몹시 좋아했었다.

하지만 반대로 이곳의 고방아는 누가 자기 머리에 손을 대는 것을 병적으로 싫어한다.

그런데도 고방아는 자신의 머리를 쓰다듬고 있는 연달아를 바라보면서 묘한 표정을 지었다.

그녀는 연달아가 아버지 같다는 생각이 들었다.

연개소문은 고구려가 멸망하기 3년 전인 서기 665년에 죽은 것으로 역사에 기록되어 있다.

그러나 역사란 정확한 것이 아니다. 대한민국은 불과 백 년 전의 일조차도 기록이 남아 있지 않거나 소실된 것들이 비일비재하고 또 제대로 전해지지 않아서 모르고 있는 것들이 부지기수다.

역사란 그 당시의 사정이나 필요에 따라서 변조되거나 비틀려져서 왕왕 기록되기도 한다.

하물며 1347년 전 연개소문의 사망이 정확하기를 기대하는 것은 다분히 무리가 있다.

그러나 역사가 아닌 실제에서의 연개소문은 서기 665년에 일본, 즉 그 당시 왜(倭)에 건너갔었다.

그 사실은 오직 한 사람, 보장태왕을 제외하곤 아무도 알지
못했다.

심지어 다섯 아들조차도 그가 왜에 갔다는 사실을 모르고
있었다.

그래서 보이지 않게 된 연개소문을 사람들은 죽었을 것이
라고 추측했던 것이다.

연개소문이 왜에 간 이유는 나당연합군으로부터 고구려를
구하려고 원군을 모으기 위해서였다.

서기 404년 경에 광개토대제(廣開土大帝)는 왜의 규슈 지역
을 정복하여 분국(分國)으로 삼았으며, 이후 고구려가 규슈욕
살을 파견하여 통치하고 있었는데, 연개소문은 왜에서 대규
모 왜병을 모아 나당연합군을 몰아내고 고구려를 구하려고
했었다.

그러나 연개소문이 왜병을 다 모으기도 전에 고구려가 멸
망했다는 비보가 전해졌다.

그래서 그는 그대로 왜에 머물면서 후일을 도모하기 위하
여 왜를 강성하게 만드는 데 주력했다.

그 당시의 왜는 따뜻한 규슈 지역을 중심으로 나라가 세워
졌으며, 지금의 혼슈 지역이나 그 이북 지역에는 소수 민족이
나 원주민들이 살았을 뿐이다.

연개소문의 목적은 오로지 고구려를 부흥하는 것뿐이었

다. 그는 왜에서 강병(强兵)을 양성하는 한편 점차 북으로 영
토를 확장해 나갔다.

그러나 그는 안타깝게도 675년에 혼슈의 소수 민족을 정벌
하던 중에 군막 안에서 사망하고 말았다.

왜에 건너간 지 10년 만의 일이다. 그의 죽음에 대해서는
알려진 바가 없다.

그로부터 1270년이 흘렀다. 일본이 태평양전쟁에서 패하
여 일왕 히로히토가 무조건 항복을 한 1945년 규슈 후쿠오카
에서 한 아이가 태어났는데 이름을 이리가수미(伊梨柯須彌)라
고 하였다.

연개소문은 한문 투의 발음이다. 연개소문의 연(淵)은 연못
을 의미하며 고구려 말로는 '이리'라 하고, 개소문(蓋蘇文)을
고구려 말로 풀면 '가수미'라고 한다. 그러므로 '이리가수
미'는 연개소문의 순수한 고구려 이름인 것이다.

그렇기 때문에 1945년 규슈 후쿠오카에서 태어난 이리가
수미는 연개소문의 환생인 것이다.

지금으로부터 22년 전인 1990년에 연희우, 연정토 부자가
일본 도쿄에서 만난 사람은 바로 그 이리가수미였다.

연정토가 다시 들어왔다.

그는 자신이 자리를 피해준 사이에 연달아가 고방아를 충

분히 이해시킬 수 있을 것이라고 예상했다.

그가 자리에 앉으면서 고방아를 쳐다보니 아까하고는 달리 눈빛과 표정이 많이 차분해져 있었다. 예상했던 대로 연달아가 그녀를 잘 다독거려 놓은 것 같았다.

"제가 드린 말씀을 충분히 숙지하셨습니까?"

"그렇습니다."

연정토는 꼿꼿한 자세를 더욱 꼿꼿하게 하며 진지하고도 엄숙한 표정을 지었다.

"이리가수미님께선 저희 아버님을 5수행자의 제1수행자인 가디언으로 임명하셨습니다. 아버님께서 돌아가신 후에 저는 다시 이리가수미님을 찾아뵙고 아버님의 가디언 지위를 물려받았습니다."

고방아는 아까하고는 달리 진지한 표정으로 듣고 있다가 조심스럽게 물었다.

"이리가수미님은 런너인가요?"

"그렇습니다. 하지만 지금은 아니십니다."

"왜 그렇죠?"

연정토는 대답하기 곤란한 듯 조금 머뭇거렸다.

고방아는 진지하게 부탁했다.

"말씀해 주세요."

"실은……"

연정토는 몹시 어렵게 말을 꺼냈다.

"런너의 전능이 유전된다는 것은 아까 말씀드렸었지요?"

"네."

연정토는 묵묵히 듣고 있는 연달아를 힐끗 보고는 다시 고방아에게 시선을 주며 말을 이었다.

"며칠 전에, 그러니까 정확히 10월 7일에 이리가수미님께선 자신의 전능을 고구려로 보내셨습니다."

"고구려로? 왜 그러셨죠?"

고방아는 이해할 수 없다는 표정을 지었다. 시공을 초월하여 전능을 어디론가 보낸다는 사실도 믿기 어렵지만, 이리가수미가 왜 그랬는지가 더 이해하기 힘들었다.

그러나 연달아는 뭔가 짚이는 게 있었다. 그는 고구려 정자산 동굴에서 보장태왕에게 전능을 받았지 않은가. 게다가 10월 7일이면 그가 대한민국으로 온 날이다.

이리가수미가 전능을 잃은 날과 연달아가 전능을 받은 날이 일치한다.

"그럼 제가 받은 전능이 아버님 것입니까?"

"그렇습니다."

"아……."

연달아는 큰 충격을 받으면서 동시에 맥이 탁 풀렸다.

"왜… 그러셨습니까?"

"아우님께선 요동 정자산에서 최후를 맞이하실 운명이었습니다. 이리가수미님께선 그 사실을 미리 아시고 전능을 보내서 아우님을 살리려 하신 것입니다."

"그렇군요."

"그런데 묵인자가 그 사실을 눈치채고는 고구려로 가서 이리가수님의 전능을 탈취하려 했습니다."

연달아는 고개를 끄덕였다.

"그것을 막고 또 저를 이곳으로 보내기 위해서 보장태왕께서도 고구려로 가신 것이로군요. 그래서 결국 제 목숨을 구하셨지요."

"그렇습니다."

연달아는 안타까운 표정을 지었다.

"그렇다면 저는 아버님을 만나 전능을 돌려 드리겠습니다."

그런데 연정토가 고개를 가로저었다.

"그럴 수 없습니다."

연정토는 착잡하게 연달아를 바라보았다.

"전능이 사라지면 아우님께서도 사라지실 겁니다. 아우님께선 이곳 분이 아니기 때문입니다."

"……"

충분히 이해할 수 있는 일이다. 연달아가 서기 668년 고구려에서 2012년 대한민국으로 올 수 있었던 것은 순전히 전능의 능력 덕분이었다.

아까 연정토가 설명했다. 이리가수미와 연정토, 고방아, 그리고 보장태왕, 고선우, 연연화 등은 고구려에서 죽은 사람들이 현세에서 환생(還生)한 사람들이라고 말이다.

즉, 그것을 연속환생(連續還生)이라고 부른댔다. 연속환생자는 매 백 년 주기로 계속 끊임없이 태어나며 그 시대를 자신의 수명대로 살다가 죽어간다는 것이다. 그리고 백 년째 되는 해에 또다시 다른 신분으로, 그러나 똑같은 모습으로 태어난다고 설명했다.

"전 세계에 현존하는 런너가 다섯 명뿐이라고 말씀드렸죠? 그런데 그들은 모두 연속환생자입니다. 하지만 아우님께선 다릅니다. 우리는 아우님 같은 경우를 워퍼(Warper)라고 합니다. 과거에서 현세로 곧바로 워프했기 때문입니다. 또한 워퍼가 런너가 되면 워퍼런너라고 합니다. 아직 그런 경우는 한 번도 없었기 때문에 어떤 능력을 보유하는지는 잘 모르지만… 전능이 사라지면 다시 과거로 회귀할 것이라고 확신하고 있습니다."

"워퍼런너……."

"원래 이리가수미님께선 아우님을 유일한 후계자로 생각하고 계셨기 때문에 아우님께선 이리가수미님의 전능을 조금 일찍 받으셨다고 생각하면 마음이 편하실 겁니다."

연달아는 복잡한 표정이지만 아무 말도 하지 않았다. 사실 그는 일본에 부친 연개소문, 아니, 이리가수미가 생존해 있다는 말을 듣는 순간부터 일본에 가서 그를 만나보고 싶었다.

하지만 지금은 그것을 말할 계제가 아닌 것 같아서 꾹 참고 있는 것이다.

"아까 중단했던 말씀을 계속 드리겠습니다."

연정토는 조금 전에 말했던 5수행자에 대해서 다시 설명하기 시작했다.

"저는 가디언이 된 후에 줄곧 아우님을 위해서 준비하고 있었습니다. 그리고 지금은 제가 할 수 있는 한도 내에서의 모든 준비가 끝난 상태입니다."

똑똑.

그때 노크 소리가 났다.

"들어와라."

척!

연정토가 말하자 방문이 열리고 두 사람이 들어왔다. 그들은 뜻밖에도 고선우와 연연화인데 조심스럽게 소파 쪽으로 다가와 나란히 멈추어 섰다.

두 사람은 연달아가 이틀 전에 봤던 껄렁한 폭주족 복장이 아니었다.

둘 다 깔끔한 슈트와 양장 차림인데 옷차림만으로 사람이 완전히 다르게 보였다.

"이 아이들이 5수행자의 제3, 제4수행자입니다. 연화가 제3수행자 디스트로이어고, 선우가 제4수행자 사도입니다. 이들은 이리가수미님께 제3, 제4수행자로서의 능력을 부여받았으며 완벽하게 훈련을 마쳐두었습니다."

연정토는 공손히 설명한 후에 두 사람에게 명령했다.

"두 분께 예를 갖추어라."

고선우와 연연화는 그 자리에 무릎을 꿇고 납작하게 엎드리면서 연달아와 고방아를 향해 절을 올렸다.

"두 분께 인사드립니다."

그때 연달아는 무슨 생각이 떠올랐다.

"이제 보니 너희……."

그는 자신의 짐작을 확신하는 듯 어이없다는 미소를 지었다.

"너희들이 청담대로에서 사고를 낸 것은 다 계획적이었군?"

고선우와 연연화는 이마를 바닥에 대고 있는데 연정토가 대신 대답했다.

"그렇습니다. 고방아님께서 그 시간에 그곳에서 근무하고 계셨기 때문 보장태왕께서 아우님의 워프 좌표를 그곳으로 정하셨습니다."

"그렇다면 이 두 사람은 원래 그런 자동차……."

"폭주족."

고방아가 연달아가 하려는 말을 가르쳐 주었다.

"폭주족이 아니었습니까?"

"그렇습니다. 이 아이들은 수행자의 훈련을 하는 한편 겉으로만 폭주족으로 방탕한 체했던 것입니다. 주위의 이목을 흐리기 위해서였습니다."

"그렇다면 이들이 병원에 합의를 해달라고 왔을 때도 내가 누군지 알고 있었겠군요?"

"그 당시에 이 아이들은 모르고 있었습니다. 단지 제가 합의를 이유로 아우님 곁을 지키라고 명령했었습니다."

연달아는 고개를 끄덕였다.

"그렇군요."

어쨌든 고선우와 연연화는 폭주족과 그의 애인으로서는 연기를 꽤나 잘한 셈이다.

이어서 그는 고선우와 연연화를 굽어보았다.

"이들을 일어나게 하려면 어떻게 해야 합니까?"

"그냥 명령하십시오."

"일어나라."

고선우와 연연화는 일어나서 두 손을 앞에 모으고 공손한 자세를 취했다.

그때 고방아가 의아한 표정으로 연정토에게 물었다.

"저는 뭔가요? 혹시 저도 5수행자 중의 하나인가요?"

그녀가 그렇게 묻는 것도 무리가 아니다. 모든 사람들이 제각기 신분이 있고 할 일이 있는데 그녀만 아무것도 아닌 존재이기 때문이다.

연정토는 정색을 했다.

"절대 아닙니다."

"그럼 뭐죠?"

연정토는 자세를 바로 하고 허리를 꼿꼿하게 폈다.

"고방아님께선 고구려제국의 황제, 즉 여황(女皇)이십니다."

제17장

하수구

R U N N E R
런너

    장장 다섯 시간 동안 기다리느라 아랑은 파김치가 된 상태
다.

    그런데도 그녀는 뛰쳐나가지 않고 끝까지 기다렸다. 원래
인내심이 없는 그녀의 그런 모습을 보고 이하연은 그녀가 연
달아를 얼마나 좋아하는지 깨닫게 되었다.

    "어서 가요!"

    아랑은 연달아를 보자마자 잔뜩 심통이 나서 팔을 잡아끌
며 외쳤다.

    따라온 연정토가 공손하게 말했다.

"두 분께서 살 집을 따로 마련해 두었습니다."

"이런 집인가요?"

고방아가 심드렁하게 물었다.

"아닙니다. 빌라를 준비했습니다."

연정토가 준비했다면 모르긴 해도 초호화 빌라일 것이다.

고방아는 완고하게 고개를 가로저었다.

"싫어요. 나는 원룸이 좋아요."

연정토는 난감한 표정을 짓더니 한 발 양보했다.

"그럼 제가 적당한 원룸을 알아보겠습니다."

지금 고방아가 살고 있는 원룸은 노출됐기 때문에 위험하다. 그 사실을 고방아 자신도 받아들이고 있다.

"내가 살 곳은 내가 정해요."

연정토는 도움을 청하듯 연달아를 쳐다보았다. 고방아가 사는 곳에 연달아도 함께 살 것이다. 연달아가 고방아를 밀착해서 호위해야 하기 때문이다.

그러나 연달아는 엷은 미소를 짓고 있을 뿐 아무 말도 하지 않았다.

고방아의 불같은 성격을 잘 알기 때문이다. 괜히 잘못 건드려서 득 될 것이 없다.

상대는 여황이다. 연정토 입으로 그렇게 말했다. 결국 연정토는 고방아에게 질 수밖에 없다.

"알겠습니다. 하지만 원룸을 다른 사람 명의로 구하시기를 부탁드립니다."

"그렇게 하죠. 이제 가도 되죠?"

연정토가 뭐라고 하기도 전에 고방아는 계단을 내려가기 시작했고, 연달아와 아랑, 이하연이 뒤따랐다.

그런데 본채 입구에 예의 마이바흐가 대기하고 있다가 연달아와 고방아가 나오자 고선우가 정중하게 뒷문을 열어주었다.

그러나 고방아는 거들떠보지도 않고 지나쳤다.

"대한민국 여경찰이 마이바흐 같은 차 타고 다니면 욕해요."

연정토는 공손히 말했다.

"차고에 있는 차들 중에서 마음에 드시는 것을 고르십시오."

"벤츠나 롤스로이스, 캐딜락 같은 건가요?"

"그렇습니다만, 부가티베이론과 페라리, 람보르기니 같은 것들도 있습니다."

연정토는 자기 차고에 그런 대단한 차들이 있다는 것을 자랑하려는 것이 아니라 고방아가 그중에 한 대를 골라서 타주기를 원했다.

그러나 고방아는 턱을 치켜들었다.

“나는 내 할리가 제일 좋아요.”

“고방아님의 할리는 수리를 하기 위해서 할리 숍에 맡겨두었습니다.”

고방아는 깜짝 놀랐다. 텐쵸오의 랜드로버에 의해서 엉망진창이 된 그녀의 할리는 분명히 경찰이 수거해 갔을 텐데, 그것을 연정토가 할리 숍에 맡겼다니 어떻게 그럴 수 있는지 이해가 되지 않았다.

아랑은 스타크래프트 밴 쪽으로 연달아의 팔을 잡아끌면서 고방아에게 말했다.

“그럼 언니, 내 차 타고 같이 가요!”

고방아는 아주 잠깐 망설이더니 할 수 없다는 듯 스타크래프트 밴으로 향했다.

연정토가 고방아 등에 대고 공손히 말했다.

“제가 드린 말씀 잘 생각해 보십시오.”

조금 전에 연정토는 고방아가 여황이라고 밝히고 나서 그녀에게 경찰을 그만두면 어떻겠느냐고 의견을 말했는데, 지금 그 얘기를 하는 것이다.

그녀의 신분은 이미 드러났기 때문에 그녀가 대한민국 여경찰로 근무하고 있는 한 앞으로 계속 텐쵸오, 아니, 묵인자의 표적이 될 것이 자명하다.

그러므로 그녀가 경찰을 그만두고 종적을 감춰 버리면 묵인자의 위협에서 벗어날 수 있는 것이다.

"생각해 볼게요."

　스타크래프트가 연정토의 어마어마한 대저택 정문을 나서
자 고방아는 숨통이 트이는 것 같았다.

"휴우……."

들어갈 때는 대낮이었는데 나올 때는 땅거미가 어둑어둑
깔리고 있는 저녁나절이다.

그런데 어찌 된 일인지 스타크래프트 밴은 아까 왔던 길로
되돌아가는 것이 아니라 반대방향으로 계속 언덕을 올라가고
있었다.

"꼬마야, 어디 가는 거냐?"

아랑은 어느새 연달아 무릎에 앉아서 언제나 같은 자세로
그에게 폭 안겨 고방아를 핼끔 쳐다보았다.

"우리 집에 가요. 그리고 나 꼬마 아니거든요?"

"네네 집에 뭐하러 가?"

"놀러 가죠. 뭐하러 가요?"

"후딱 차 안 돌리나? 가시나가, 확 쥐 패뿔라."

발끈 성질을 내니까 고방아의 입에서 부산 사투리가 쏟아
져 나왔다.

하지만 아랑은 연달아를 조금 더 꼭 끌어안을 뿐 대꾸도 하

지 않았다.

그런데 스타크래프트 밴은 연정토의 대저택 긴 담이 끝나고 새로운 대저택의 긴 담이 이어지다가 어마어마하게 큰 정문이 나타나는 곳에 멈추었다.

그긍―

정문이 열리자 스타크래프트 밴은 제집 찾아가듯이 안으로 미끄러져 들어갔다.

고방아는 잔뜩 어이없다는 표정으로 앞창 밖을 내다보았다.

"여… 기가 네네 집이가?"

"네!"

원래 아랑의 집은 연정토의 집하고 담 하나를 사이에 둔 옆집이었다.

그래서 아까 연정토네 집으로 들어갈 때 아랑이 뜻 모를 미소를 지었던 것이다.

스타크래프트 밴이 아랑의 집으로 들어간 직후에 한 대의 소나타 승용차가 언덕 위로 올라오더니 연정토의 대저택 정문 앞에 멈추었다.

소나타 운전석에서 내린 사람은 다름 아닌 강남경찰서 서장 유도한이었다.

그가 정문 기둥의 벨을 누르고 잠시 기다리자 인터폰에서
말이 흘러나왔다.

"누구십니까?"

"유도한이라고 합니다. 어르신의 부름을 받고 왔습니다."

그등—

곧이어 정문이 열리고 소나타가 안으로 진입했다.

조수석에 타고 있는 강현욱, 강 형사는 바짝 긴장한 표정으
로 조심스럽게 주위를 두리번거렸다.

그는 유도한이 다짜고짜 함께 갈 데가 있다고 해서 따라왔
기 때문에 이곳이 누구의 집인지, 방금 유도한이 말한 '어르
신'이 누군지 전혀 모르고 있다.

"옆집?"

마이바흐를 타고 스타크래프트 밴을 뒤따르던 고선우와
연연화가 다시 연정토에게 돌아와서 보고하자 그는 어이없다
는 표정을 지었다.

"옆집은 유명 영화배우 서유라의 집이라고 알고 있는데?"

"아랑이 서유라 씨의 딸이었습니다."

"이런 공교로울 데가……."

연정토는 잠시 생각하다가 연연화에게 지시했다.

"연화야, 서유라 씨에게 전화 연결해라."

그는 서유라에게 부탁하여 연달아와 고방아를 그녀 집에서 아예 눌러앉게 할 생각을 하고 있다.

그때 측근 한 명이 들어와 연정토에게 공손히 말했다.

"강남경찰서장이 왔습니다."

연정토는 가볍게 고개를 끄덕였다.

"기다리라고 해."

아랑네 집, 아니, 저택은 연정토의 저택과 비교해도 전혀 손색없을 정도의 규모였다.

다른 것이 있다면 연정토의 저택은 어두운 색에 엄숙한 느낌인 반면에 아랑네 저택은 눈이 부실 정도로 화려하고 으리으리했다.

하지만 고방아는 소태 씹은 표정이다. 어영부영하는 사이에 저택 안으로 들어와 버렸으니 다시 나가려면 까마득히 높은 담을 맨몸으로 넘는 수밖에 없을 것 같았다.

"언제 갈 거야?"

현관으로 들어서면서 고방아는 갈 생각부터 했다.

연달아는 아랑의 손에 이끌려 가면서 빙그레 미소 지었다.

"초대를 받아서 왔는데 식사라도 하고 가는 것이 최소한의 예의가 아니겠소?"

아랑은 환호성을 터뜨렸다.

"와아! 오빠 대박!"

고방아가 뒤에서 찬물을 끼얹었다.

"딱 30분이야."

딱 30분이라고 못을 박았던 고방아는 도무지 갈 생각을 하지 않고 있다.

아랑은 고방아의 약점을 제대로 잡았다. 고방아는 술고래였던 것이다.

처음에 연달아 등은 이층의 멋진 유럽풍의 테라스에 자리를 잡았었다.

아랑네 전속 요리사와 가정부가 바비큐와 여러 요리를 준비하는 동안 무료해진 고방아가 툭 한마디 내던졌었다.

"혹시 시원한 캔맥주 같은 거 있어?"

그래서 아랑이 손수 갖다 준 시원한 맥주를 한 모금 마셔본 고방아는 눈이 휘둥그레졌다.

"이거… 무슨 맥주가 이렇게 맛있어?"

그럴 줄 알았다는 듯 아랑이 배시시 웃었다.

"벨기에산 레페트르예요."

"레페… 뭐? 어쨌든 무지하게 맛있다!"

고방아가 마신 레페트르는 벨기에의 소규모 양조장에서 만든 마니아용 장인맥주, 즉 크래프트 맥주다. 돈이 있어도 구하기 어려운 독특한 맛과 깊은 풍미를 지닌 최고급 맥주인 것이다.

맥주를 몹시 좋아하는 고방아는 자기 원룸의 소형 냉장고에 다른 것은 몰라도 맥주만큼은 떨어뜨리지 않는다. 물론 슈퍼에서 판매하는 가장 저렴한 맥주다.

고방아는 입맛을 다셨다.

"이거 레페… 더 있어?"

아랑이 이하연에게 물었다.

"언니, 얼마나 있어?"

"다섯 병 정도?"

"에계!"

고방아는 금세 시무룩해졌다. 경찰대학 시절 그녀의 별명이 하수구였다.

입이 더러워서가 아니라 맥주를 아예 입에 들이붓는다고 해서 붙여진 별명이다.

그런데 이하연의 다음 말이 고방아의 귀를 솔깃하게 했다.

"하지만 다른 것도 더 있어요. 독일산 슈나이더와 바르슈타이너, 그리고……."

"바르슈타이너!"

고방아가 갑자기 탄성을 터뜨렸다. 자, 타칭 맥주 애호가인 그녀가 독일 맥주의 여왕이라고 불리는 바르슈타이너를 모를

리가 없다. 물론 한 번도 마셔본 적이, 아니, 구경해 본 적도
없다.

아랑은 고방아가 맥주를 몹시 좋아한다는 사실을 깨닫고
집에 있는 최고급 맥주들을 끊임없이 그녀에게 가져다주도록
했다.

그 덕분에 연달아와 아랑, 이하연, 그리고 나중에 합류한
서유라는 고방아의 방해를 조금도 받지 않고 화기애애하게
식사를 할 수 있었다.

그러나 문제는 역시 고방아였다. 그녀는 주위에 있는 사람
들까지 술을 마시게 만드는 묘한 마력을 지니고 있었다.

연달아와 서유라, 이하연은 처음에 대화를 나누면서 한 잔,
두 잔 입술을 적시는 정도로만 마셨다.

그런데 어느 순간부터 와인 애호가인 서유라의 발동이 걸
렸다. 그녀는 발음하기도 어려운 전 세계 최고급 와인들을 끝
없이 가져오게 해서 연달아에게 맛을 보여주면서 자신의 풍
부한 와인 지식에 대해서 자랑을 늘어놓았다.

그렇지만 가랑비에 옷 젖는 법이고, 술에는 장사가 따로 없
는 법이다.

연달아 옆에 앉아서 맛만 본다면서 홀짝홀짝 와인을 마신
아랑까지 모두 그날 완전히 뻗어버렸다.

깊은 밤.

아랑네 집 이층 어느 창문 옆 담에 두 개의 어두운 그림자가 찰싹 달라붙어 있다. 어두운 그림자는 두 사람이며 고선우와 연연화다.

지금 두 사람은 연달아와 고방아를 호위하는 중이다.

런너의 5수행자 중에 연연화가 3수행자인 디스트로이어고, 고선우는 4수행자인 사도다.

디스트로이어는 파괴자의 능력을 지니고 있다. 런너의 어떠한 명령이라도 수행하거나 런너를 해치려는 자들을 제거하는 것이 디스트로이어의 임무다.

사도의 임무는 이름 그대로 런너를 따르는 것이다. 디스트로이어는 런너의 명령을 받았을 경우에 한동안 런너의 곁을 떠날 수도 있지만, 사도는 어떠한 상황에서도 런너 곁을 지켜야 한다.

사도 고선우가 창문 가장자리 커튼 사이로 안을 살짝 들여다보았다.

넓고 화려한 방에는 불이 환하게 켜져 있는데, 커다란 침대 위에서 연달아와 아랑, 고방아, 서유라가 자고 있고, 이하연은 침대 아래 바닥에서 베개를 끌어안은 채 잔뜩 웅크린 자세로 잠들어 있는 광경이다.

고선우와 연연화는 안을 들여다보면서 희미한 미소를 지

었다. 연달아와 고방아가 술에 만취해서 자는 모습이 마치 천진난만한 어린아이 같다는 생각이 들었다.

연달아는 침대 머리맡에서 옆으로 누워서 자는데 품에 조그만 아랑을 꼭 끌어안고 있다. 그리고 서유라가 뒤에서 연달아에게 찰싹 붙어서 그를 안고 있다. 그 세 사람만 보면 한 가족이 평화롭게 잠들어 있는 것 같았다.

침대 아래쪽에는 고방아가 똑바로 누워서 네 활개를 펼친 모습으로 자는데 티셔츠가 말려 올라가서 브래지어가 약간 보였다.

숫—

담에 붙어 있던 고선우와 연연화는 훌쩍 소리없이 몸을 날려 5미터쯤 떨어진 정원의 높은 나뭇가지로 옮겨갔다. 마치 표범처럼 날렵한 움직임이다.

두 사람은 그곳에서 번갈아 가면서 눈을 붙이며 연달아와 고방아를 호위할 것이다.

나뭇가지에 걸터앉은 고선우가 창문을 바라보며 나직이 속삭였다.

"연화야, 2수행자를 찾았다는 말 아직 못 들었지?"

"응."

옆의 나뭇가지에 걸터앉은 연연화가 고개를 끄덕였다.

"대체 누구기에 가디언께서도 찾아내지 못하시는 걸까?"

"5수행자는 찾은 것 같아."

"누군데?"

"나도 몰라."

"그런데 어떻게 알았어?"

"수행자를 찾으면 어떻게 하지?"

고선우는 눈을 깜빡이면서 대답했다.

"완벽한 수행자로 만들기 위해서 훈련 체제에 돌입하지."

그는 말하고 나서 알 것 같다는 표정을 지었다.

"그러고 보니까 분위기가 조금 다른 것 같았어."

잠시 침묵이 흐르며 두 사람은 창문을 바라보았다. 말은 하지 않고 있지만 두 사람은 같은 생각을 하고 있었다.

"런너와 여황께서 출현하셨으니까 이제 바야흐로 대업을 개시하는 건가?"

고선우가 흥분을 억누르며 중얼거렸다.

연연화가 조금 시니컬한 표정을 지었다.

"문제는 런너께서 아직 미숙하시다는 거야. 만약 우리 런너께서 지금 다른 런너와 맞부딪치면 백이면 백 살아남지 못하실걸."

연연화하고는 달리 고선우는 느긋했다.

"런너께선 고구려에서 전신, 전쟁의 신이라고 불리셨대. 당나라 놈들은 요동의 성난 호랑이 요동맹호라는 말만 들어도 벌벌 떨었다고 하잖아."

"그 시대하고 지금은 달라."

"전에는 몰랐는데……."

문득 고선우가 고개를 돌려 북쪽 밤하늘을 바라보면서 왠지 애틋한 표정을 지었다.

"런너께서 나타나신 이후부터 뭔가 이상한 게 느껴져."

북쪽 하늘에서 다른 뭇 별보다 훨씬 밝게 빛나는 일곱 개의 별이 있었다. 북두칠성이다.

"뭔데?"

"잘 모르겠어. 하지만 런너와 내가 연결되어 있다는 느낌이랄까."

연연화는 차분한 표정으로 고개를 끄덕였다.

"그럴 수도 있겠지. 너는 14전생(前生) 때 요동 오골성에서 런너와 생사고락을 함께했으니까."

고선우는 씁쓸한 표정을 지었다.

"그걸 기억할 수 없다니 안타깝군."

연연화는 픽 웃었다.

"연속환생자인 우리가 몇 개나 되는지도 모르는 전생을 다 기억하고 있다가는 머리 터져."

"것도 그렇군."

      *   *   *

새벽 1시25분.

서울 양천구 신월동 국립과학수사연구원 지하 부검실.

모두 퇴근하여 불이 꺼진 캄캄한 실내에 세 개의 철제 부검대가 놓여 있으며, 그 위에 흰 천으로 덮여진 세 구의 시체가 누워 있다.

그들은 오늘 낮 청담대교와 그 아래 강변공원에서 사살된 세 명의 신원 불명의 사내들인데, 부검을 위해서 이곳으로 옮겨온 것이다.

시체를 해부하여 사인과 사건의 증거를 찾아내는 업무를 담당하고 있는 이곳 부검실은 국립과학수사연구원의 사람들마저도 가장 꺼리는 으스스한 장소다.

스으.

그런데 갑자기 세 구의 시체 중에서 가운데 시체가 천천히 상체를 일으켰다.

덮고 있던 흰 천이 흘러내려서 시체의 얼굴과 상체가 드러났다. 옷을 입지 않은 알몸인데 얼굴은 물론이고 상체가 형체를 알아볼 수 없을 만큼 짓이겨진 처참한 피투성이 몰골이다.

시체는 눈을 뜨고 있는데 도저히 산 사람의 눈빛이라고 여겨지지 않았다.

이 시체는 청담대교 위에 정차해 놓은 도요타 캠리 뒷자리에 타고 있던 저격수다. 즉, 묵인자의 5수행자 중에서 3수행자인 디스트로이어다.

그는 경찰특공대의 집중 사격을 받아 온몸에 수십 발의 총탄을 맞고 현장에서 즉사했다.

부검을 위해서 몸을 깨끗하게 닦아냈는데도 불구하고 총탄에 맞아서 얼굴과 몸이 움푹움푹 함몰된 모습이 정말 끔찍했다.

그런데 그 시체가 지금 마치 살아 있는 것처럼 저절로 움직이고 있는 것이다.

슥—

디스트로이어는 천천히 부검대에서 내려와 맨발로 바닥을 딛고 섰다.

그는 사람이라기보다는 단지 하나의 잘 다져진 커다란 고깃덩어리처럼 보였다.

쑤우우.

그런데 우뚝 서 있는 그의 몸에서 이상한 현상이 벌어지기 시작했다.

그의 얼굴을 비롯한 온몸 속에서 무엇인가 조그만 물체가 꾸물꾸물 솟아나왔다.

투두둑, 달그락, 달각.

놀랍게도 조그만 물체들은 총탄이다. 그의 몸속에 박혀 있는 총탄들을 몸이 뱉어내고 있는 것이다.

잠시 후 그가 서 있는 바닥에는 열일곱 발의 총탄이 어지럽게 흩어져 있었다.

하지만 그의 얼굴을 비롯한 몸에는 여전히 총탄을 맞았던 구멍이 숭숭 뚫려서 소름 끼치는 모습이다.

슥―

그는 옆에 누워 있는 다른 시체의 흰 천을 걷어냈다. 거기에는 비달이 알몸으로 반듯하게 누워 있었다.

연달아가 환두대도로 그의 몸을 정수리에서 사타구니까지 절반을 쪼갰고, 오른팔을 잘라서 죽였다.

비달의 잘라진 몸은 대충 꿰매져 있고 잘라졌던 오른팔도 붙어 있다.

하지만 고방아에게 돌멩이에 찍힌 왼쪽 눈 부위는 움푹 함몰된 모습 그대로였다.

디스트로이어는 퀭한 눈으로 한동안 비달을 굽어보는 듯하더니 아무런 반응이 없자 그대로 놔두고 입구를 향해 걸음을 옮겼다.

그는 왼쪽 부검대에 누워 있는 시체에는 눈길조차 주지 않았다.

기익.

디스트로이어는 문을 밀고 복도로 나서 좌우를 한 번 둘러
보고는 오른쪽으로 걸어갔다.

10분쯤 후에 디스트로이어는 국립과학수사연구원에서 멀
지 않은 남부순환로에 나타났다.
거침없이 차도로 걸어 들어온 그를 피하기 위해서 빠른 속
도로 달려오던 승용차 한 대가 급브레이크를 밟았다.
끼아아악!
픽!
그러나 거리가 너무 짧았기 때문에 승용차에 치인 디스트
로이어는 5, 6미터나 날아가 내동댕이쳐졌다.
승용차 운전석에 앉아 있는 30대 초반의 여자는 두 손으로
핸들을 움켜잡고 핸들에 얼굴을 묻은 채 몸을 바들바들 떨고
있다.
"아아, 어떻게 해. 사람을 쳤어. 어떻게 하면 좋아."
그때 운전석 문이 갑자기 벌컥 열리자 여자는 깜짝 놀라서
고개를 들고 쳐다보았다.
운전석 밖에는 하나의 커다란 고깃덩어리가 우뚝 서서 그
녀를 쳐다보고 있었다.
"꺄아악!"
여자가 찢어지는 듯한 비명을 지를 때 디스트로이어는 커

다란 손으로 여자의 머리통을 잡아 밖으로 홱 집어 던졌다.

여자가 반대편 차선에 떨어졌다가 달려오던 차에 깔리고 있는 동안에 디스트로이어는 방금 전까지 여자가 앉아 있던 운전석에 앉아 문을 닫고 차를 출발시켰다.

부웅!

디스트로이어는 문득 조수석에 놓여 있는 여자의 핸드백을 발견하고 한 손을 뻗어 안을 뒤지더니 잠시 후에 휴대폰을 찾아냈다.

그는 운전을 하면서 어디론가 전화를 했다.

"누구냐?"

"이타즈라입니다. 지금 가고 있습니다."

"비달은?"

"소생하지 못했습니다."

"런너에게 당했기 때문이로군. 알았다."

디스트로이어 이타즈라는 운전석 창밖으로 휴대폰을 내던지고 시내를 향해 차를 몰았다.

제18장

동거 생활

RUNNER
런너

웅―

　이른 아침, 연정토네 정문으로 밴틀리 컨티넨탈GT가 육중한 배기 음을 토해내며 미끄러져 들어왔다.

　그런데 밴틀리를 몰고 있는 사람은 뜻밖에도 연달아다. 연정토의 저택을 나갈 때 운전을 했던 고선우는 조수석에 앉아 있다.

　고구려 오골성에서도 언제나 그랬던 것처럼 오늘도 새벽 다섯 시에 어김없이 눈을 뜬 연달아는 창문을 열고 심호흡을 하다가 창밖 나뭇가지에 앉아 있는 고선우와 연연화를 발견했다.

고선우는 깨어 있었고, 연연화는 나뭇가지에 꼿꼿하게 앉은 채 눈을 감고 잠이 들어 있었다.

그걸 보고 연달아는 두 사람이 밤새 자기와 고방아를 호위하고 있었다는 사실을 깨달았다.

침대에서는 고방아와 아랑, 서유라가 여전히 자고 있었고, 이하연은 침대 아래에 웅크린 채 잠들어 있었다.

연달아는 잠에서 깨어 일어날 때 등 뒤에서 자신을 꼭 끌어안은 채 자고 있던 서유라도 깼다는 것을 알았다. 하지만 그녀가 당황해할까 봐 짐짓 모르는 체했다.

연달아가 정원으로 나오자 고선우가 연연화를 깨워 그에게 다가와서 공손히 인사를 했다.

연달아는 고선우에게 한 가지 부탁을 했다.

"차를 몰아보고 싶다."

그는 2012년 대한민국에서 제일 먼저 필수적으로 배워야 할 일이 운전이라고 생각했다.

그래서 고선우가 연정토의 집에서 밴틀리를 끌고 와 둘이 함께 한강 둔치로 갔고, 그곳에서 고선우는 연달아에게 운전을 가르쳤다.

한 시간 정도 운전을 배운 연달아는 돌아올 때는 자기가 직접 밴틀리를 몰았다.

본채 앞에 정확하게 밴틀리를 멈춘 연달아는 시동을 끄고 나서 고선우를 쳐다보았다.

"괜찮았느냐?"

고선우는 진심으로 탄복한 표정을 지었다.

"훌륭하셨습니다."

절대로 과찬이 아니다. 고선우는 불과 한 시간 만에 운전을 이 정도로 완벽하게 마스트한 사람이 있다는 애길 들어본 적이 없다. 더구나 연달아는 차라는 것이 무엇인지도 모르는 고구려 사람이 아닌가.

고선우에게 연락을 받은 연정토와 연연화가 본채 앞에서 기다리고 있다가 차에서 내리는 연달아를 맞이했다.

"안녕히 주무셨습니까?"

"잘 주무셨습니까?"

두 사람은 서로에게 공손히 아침 인사를 했다.

연정토가 조금 이른 아침 식사를 권했으나 연달아는 사양했다. 아랑네 집에 가서 모두와 함께 먹는 것이 예의라고 생각하기 때문이다.

"궁금한 것이 있습니다."

"말씀하십시오."

어제 그 소파에 마주 앉은 두 사람 앞에는 원두커피 두 잔이 놓여 있고 그윽한 커피 향이 진동했다.

"묵인자가 누굽니까?"

연달아는 거두절미하고 연정토를 똑바로 주시하며 물었다. 어제 연정토는 많은 설명을 했지만 묵인자에 대해서는 몹시 말을 아꼈다.

"알고 싶으십니까?"

"알고 싶습니다."

연달아는 연정토가 묵인자에 대해서 말하지 않은 데에는 그럴 만한 이유가 있을 것이라고 생각했다. 하지만 알고 싶다는 욕구를 억누를 수가 없다. 묵인자는 연달아가 싸워야 할 적의 우두머리가 아닌가.

"묵인자는……."

연정토는 말을 꺼내놓고 잠시 호흡을 가다듬고 나서 가라앉은 목소리로 말을 이었다.

"당태종 이세민입니다."

* * *

고방아는 은행에 들러서 경찰대학교를 졸업한 이후부터 월급을 타면 달마다 꼬박꼬박 부었던 적금을 해약하고 통장의 잔고를 깡그리 다 찾았다.

그렇게 해서 손에 쥔 돈이 2천 5백만 원이다. 청담동 인근은 워낙 집값이 비싸서 2천 5백만 원으로는 원룸 전세는 턱도 없고 월세 보증금으로도 빠듯한 형편이다.

그녀가 조금 마음만 바꾸면 연정토가 구해두었다는 고급 빌라에서 살 수도 있다.

하지만 그러는 것은 아버지를 너무 쉽게 용서하는 것 같아서 도무지 마음이 내키지 않았다.

어쨌든 지금으로선 연정토가 제공하는 것은 무엇이 됐든지 모두 거부하고 싶다. 연정토 뒤에는 아버지가 버티고 있기 때문이다.

그러나 아버지와 연개소문, 아니, 이리가수미가 계획하고 있는 고구려의 고토회복은 정말 좋은 일인 것 같다. 실현 가능성이 있는지 없는지는 별로 중요하지 않다.

확고한 목표가 있고 내가 그곳으로 전력을 다해서 달려갈 수 있다는 것, 그리고 그럴 의지와 힘이 있다는 사실이 더 중요하다.

그렇지 않아도 평소 고방아는 중국의 열흘 삶은 호박에 이빨도 들어가지 않을 고구려 역사에 대한 억지 주장에 언제나 열이 뻗쳤고, 툭하면 튀어나오는 일본의 역사 왜곡에 진저리를 친 게 한두 번이 아니다.

기회가 주어진다면 온몸이 부서지더라도 중국이나 일본에

본때를 보여주고 싶었다.

그런데 그 기회가 지금 그녀 앞에 다가왔다. 주저하거나 망설일 이유가 없다. 마음을 먹으면 몸은 따라가는 것이다.

고구려 고토회복을 고방아 대에서 이루지 못한다면 그녀는 연속환생을 할 수 있다고 했으니까 다음 대에서 이루면 될 것이다.

몇 대를 환생하더라도 고구려 고토회복만큼은 반드시 이루고 싶다는 것이 지금 고방아의 심정이다.

그러면서 그것이 여경찰로 근무하면서 범죄를 소탕하는 것보다 훨씬 더 보람있는 일일 것이라고 확신했다.

은행 옆 갓길에는 밴틀리가 그녀를 기다리고 있다. 연정토가 연달아에게 준 것이다.

연달아가 연정토에게 무엇을 받건 그것은 고방아가 상관할 일이 아니다.

탁!

밴틀리 조수석에 올라탄 고방아는 입맛이 썼다.

고토회복도 좋고 다 좋은데 지금은 2천 5백만 원으로 원룸을 구해야 하는 것이 급선무다.

꿈은 원대한데 현실은 구차하기 짝이 없다. 그리고 그녀는 현실에 살고 있다. 먹고살아야 꿈도 꿀 수 있는 것이다.

그녀도 서너 살짜리 코흘리개 어린아이가 아니기 때문에

원래 살던 원룸 근처에는 얼씬도 하지 말아야 한다는 것을 잘 알고 있다.

텐쿄오는 절대 만만한 상대가 아니다. 아니, 고방아로서는 도저히 감당할 수 없는 엄청난 적이다.

그녀는 벌써 두 번씩이나 텐쿄오에게 죽을 뻔하지 않았는가. 연달아가 아니었으면 그녀는 지금쯤 황천을 헤매고 있을 것이다.

그랬다고 해서 기가 죽을 고방아가 아니다. 오히려 그녀는 어떻게 해서든 텐쿄오를 박살 내고 싶어서 속이 부글부글 끓는 중이다.

그녀가 살던 청담동 청담공원 근처의 원룸은 전세 7천만 원에 세 들어 있었다.

강 형사에게 부탁하면 대신 처리해 주겠지만 전세라는 것은 그 집이 나가야지만 전세금이 회수된다. 그러니까 아무리 빨라도 보름에서 한 달은 기다려야만 할 것이다.

운전석의 연달아는 고방아가 가자는 말을 하지 않으니까 묵묵히 앉아서 기다리고 있다.

그는 웬만해서는 누구에게나 먼저 말을 걸지 않고 또 매사에 진지하면서 느긋하다.

그래서 다혈질인 고방아는 연달아하고 있으면 답답해서 속이 터질 때가 자주 있다. 여기까지 오면서도 연달아가 얼마

나 안전운전을 하는지 고방아는 속이 터져서 미쳐 버리는 줄
알았다.

"가."

고방아가 다리를 대시보드에 얹으며 짧게 말하자 연달아
가 그녀를 쳐다보았다.

"안전벨트 매시오."

"뭐?"

"차에 타면 제일 먼저 안전벨트를 매야 안전하다고 고선우
가 말했소. 내가 생각하기에도 옳은 말인 것 같소."

고방아는 차에 타면 제일 먼저 안전벨트를 매는 습관이 있
지만 지금은 다른 데 정신이 팔려 있어서 깜빡했는데 그것을
지적당한 것이다.

더구나 연달아가 그렇게 말하자 발끈했다. 그녀는 쉽게 화
를 내는 성격이 아닌데 이상하게 연달아에게만은 걸핏하면
화를 잘 냈다.

"운전면허도 없는 게."

고방아는 누가 이기나 보자는 식으로 억지를 부리면서 안
전벨트를 매지 않고 버텼다.

똑똑똑.

그때 어디에서 나타났는지 고선우가 운전석 창을 두드렸
다.

연달아가 창을 여니까 고선우가 공손히 뭔가를 내밀었다.

"운전면허증입니다."

"고맙다."

연달아는 자신의 사진이 부착된 운전면허증을 잠깐 들여다보고는 고방아에게 다시 말했다.

"안전벨트 매시오."

'끙!'

고방아는 어쩔 수 없이 안전벨트를 맸다. 그러면서 연정토의 능력에 대해서 또 궁금해졌다.

운전면허증이라는 것은 소정의 필기시험과 실기시험에 합격해야지만 국가에서 내주는 운전에 대한 자격증이다.

그런데 그것을 연정토가 시험도 치르지 않은 연달아에게 그것도 불과 서너 시간 만에 뚝딱 만들어주다니, 고방아로서는 연정토의 능력이 어디까지인지 짐작조차 되지 않았다.

그때 무심코 창밖을 내다보던 고방아는 한 대의 교통순찰차가 막 지나가는 것을 운전석 창 쪽으로 발견하고는 급히 밴틀리의 경적을 울렸다.

빠앙—

그와 동시에 창문을 열고 고개를 내밀며 소리쳤다.

"야! 박노현!"

마침 지나가던 교통순찰차의 조수석에는 그녀의 파트너인

박노현 순경이 타고 있었다.

그리고 순찰차에는 새 파트너인 듯한 젊고 예쁜 여순경이 운전대를 잡고 있는 것이 보였다. 여순경과 재미가 좋았는지 박노현은 함박웃음을 짓고 있었다.

교통순찰차가 밴틀리 앞 저만치 갓길에 멈추더니 박노현이 내려서 고방아에게 뛰어왔다.

"경위님! 어떻게 되신 겁니까?"

그의 얼굴에는 걱정하는 기색이 역력했다. 자기보다 나이도 어린 고방아에게 그렇게 당했으면서도 그녀를 걱정하는 착한 파트너 총각이다.

"뭐가?"

고방아는 박노현이 뭘 묻는 것인지 뻔히 알면서도 짐짓 모르는 체 너스레를 떨었다.

"경위님, 강변에서 괴한에게 부상을 당하셨다는 소문이 서내에 파다하던데… 다친 데는 괜찮으신 겁니까?"

"끄떡없어, 인마."

'인마' 라는 소리까지 듣고서도 착한 박노현은 아무렇지도 않은 모양이다. 오히려 고방아가 무사하다니까 안심하는 표정을 지었다.

"그건 그렇고, 박노현 너 어디에 사냐?"

"네?"

"사는 집이 어디냐고."

"올림픽공원 근처 풍납동입니다만……."

"거기 집값 싸냐?"

다짜고짜 묻자 박노현은 뒷머리를 긁적였다.

"집이라면 어떤 집을……."

"원룸 말이야. 전세 얼마나 하냐?"

"원룸이라고 해도 10평 정도, 전세는 대충 7, 8천은 줘야 할 겁니다. 왜요? 이사하시게요?"

"월세는?"

"아마 보증금 3천에 월세 5, 6십 정도 할 겁니다."

박노현도 원룸에 살기 때문에 그 동네 원룸 시세에 대해서는 빠삭했다.

"됐다. 그만 가봐라."

고방아는 이맛살을 찌푸리며 손을 저었다. 수중에 있는 돈이 달랑 2천 5백만 원뿐인데 전세는커녕 월세 보증금으로도 모자랐다. 예상했던 대로다.

슥―

그때 연달아가 고방아에게 불쑥 손을 내밀었다.

고방아는 그의 손가락 사이에 쥐어져 있는 흰 종이와 그의 얼굴을 번갈아 쳐다보았다.

"뭐야?"

연달아는 말없이 그것을 고방아 손에 쥐어주었다.

고방아는 전혀 기대하지 않고 종이를 들어 올려 살펴보다가 눈이 동그래졌다.

자그마치 1억 원짜리 자기앞수표였다. 고선우가 합의금으로 연달아에게 주었던 그 돈이다.

"웬 돈이야?"

"교통사고 합의금으로 받았소."

고방아는 수표와 연달아를 한 번 더 번갈아 쳐다보더니 창밖으로 고개를 내밀고 교통순찰차로 돌아가고 있는 박노현을 불렀다.

"야! 박노현! 앞장 서!"

그로부터 두 시간 후에 고방아는 마음에 쏙 드는 원룸을 전세로 얻었다.

그녀는 하나도 한 일이 없다. 순전히 박노현이 발바닥에 땀이 나도록 돌아다니면서 알아본 결과다.

이번에도 역시 3층인데 자그마치 15평짜리다. 주방이 따로 있고 방이 매우 넓어서 지난번 원룸보다 두 배는 더 큰 것 같았다.

하지만 무엇보다도 좋은 것은 도로 건너편에 펼쳐져 있는 올림픽공원이 한눈에 보인다는 것이고, 창문이 동남향이라서 햇빛이 잘 들었다.

고방아는 연정토의 당부를 잊지 않고 원룸을 박노현의 이름으로 계약해서 얻었다.

고방아는 여러모로 애써준 박노현의 궁둥이를 두드려 주며 보내고 나서 연달아와 함께 걸어서 거리로 나섰다.

지금은 냄비 하나도 없기 때문에 당장 라면조차도 끓여먹을 수가 없는 형편이다. 그래서 이것저것 필요한 것들을 사려는 것이다.

선머슴 같은 고방아지만 남자하고 단둘이서 살림살이를 사러 다니는 것은 조금 쑥스러운 일이었다.

고방아는 그릇 가게에서 냄비며 프라이팬, 밥그릇과 국그릇, 반찬 그릇, 수저, 수세미, 행주 따위를 대충대충 고르면서 사는데, 뒤에서 커다란 물건 봉지를 몇 개나 든 연달아가 듬직하게 따라다니니까 왠지 기분이 묘해져서 자꾸만 손발이 오글거렸다.

2012년 대한민국의 생활에 대해서는 전혀 모르는 연달아는 이것저것 신기한 듯이 만져보면서 이것은 뭐고 저것은 뭐냐며 꼬치꼬치 물어보았다.

자취 생활에 이력이 난 고방아는 짐짓 퉁명스럽게 설명을 해주면서도 그다지 싫지 않은 얼굴이었다.

그릇 가게에서 산 살림살이를 두 사람이 산더미처럼 들고
원룸에 풀어놓고는 이번에는 냉장고며 전자레인지, 가스레인
지, 노트북, TV 따위를 사러 전자대리점으로 갔다.

"이게 좋겠소."

고방아는 캔맥주하고 물병만 넣을 생각으로 소형 냉장고
를 기웃거리고 있는데 저만치에서 연달아가 양문형 대형 냉
장고 앞에 서서 고방아에게 오라고 손짓을 해 보였다.

고방아가 보기에 양문형 냉장고는 7백L 급은 되어 보였다.
그렇게 큰 냉장고에 캔맥주를 가득 넣으려면 수백 개는 필요
할 것 같았다.

"이건 너무 크잖아. 이런 건 필요……."

"신랑님께서 정말 안목이 높으시군요."

그때 말쑥한 차림의 종업원이 다가와서 환하게 미소 지으
며 연달아를 추켜세웠다.

그가 연달아를 신랑이라고 하는 말에 고방아는 어이없다
는 표정을 지었다.

그제야 그녀는 자기하고 연달아가 나란히 전자대리점에
전자제품을 사러 온 모습이 충분히 그렇게 보일 수도 있을 것
이라는 생각이 들었다.

"신부님, 이건 저희 회사의 내년도 신제품으로서 여러 가
지 첨단 기능이 있습니다. 요즘 최고로 인기 상품입니다."

종업원은 이제는 고방아에게까지 신부라고 부르는 만행을
저질렀다.

"이봐요, 우리는……."

"정말 천상의 커플 같으신 두 분께 이 냉장고는 최고로 잘
어울립니다. 무상서비스 기간은 2년이고 지금은 특별 세일
기간이기 때문에……."

종업원은 고방아의 말을 들으려고도 하지 않았다.

하지만 구태여 그의 입에 발린 칭찬이 아니더라도 연달아
와 고방아의 모습은 타의 추종을 불허할 정도로 잘 어울리는
한 쌍이었다.

그래서 연달아와 고방아가 이곳에 들어섰을 때부터 거의
모든 손님과 심지어 종업원들까지도 자신들의 하던 일을 멈
추고는 두 사람을 주시하고 있었다는 사실을 두 사람만 모르
고 있었다.

고방아는 뒤늦게 사람들의 따가운 시선을 느끼고는 부담
스러워서 빨리 이곳을 벗어나고만 싶었다.

음지에서 우울하게 성장한 그녀는 사람들의 시선이나 관
심에 익숙하지가 않았다.

"이거 삽시다."

"맘대로 해."

그래서 연달아가 원룸에는 절대로 어울리지 않을 양문형

냉장고를 사자고 말하자 고방아는 귀찮은 듯 손을 내저으며 허락할 수밖에 없었다.

결국 원룸은 고방아가 원치 않는 전자제품으로 가득 차버리고 말았다.

하지만 연달아가 생각하기에는 모두 꼭 필요한 전자제품들이었다.

전자제품 구입의 결정권이 연달아에게 있다는 것을 깨달은 종업원은 연달아가 도저히 거부할 수 없는 제품들의 장점을 장황하게 늘어놓았기 때문이다.

양문형 냉장고는 너무 커서 주방에 놓을 곳이 없어서 방의 한쪽 구석을 차지하게 되었다.

벽걸이용 신상품 LED TV는 고방아가 겨우 말려서 42인치를 샀다. 안 그랬으면 55인치를 샀을 것이다.

컴퓨터 데스크 탑과 노트북은 두 개씩 따로 살 필요가 없이 둘이 함께 사용하자고 고방아가 달래고 협박해서 겨우 하나씩만 샀다.

그랬음에도 불구하고 원룸은 각종 전자제품과 생활용품, 그리고 더블 침대와 소파 따위로 가득 차버렸다.

더블 침대만 해도 그렇다. 고방아는 싱글 침대 두 개를 사서 두 사람이 따로 잘 생각을 했다.

그런데 연달아는 자기가 방바닥에서 잘 테니까 고방아가 크고 편한 더블 침대를 혼자 사용하라면서 부득부득 더블 침대로 산 것이다. 자기는 불편해도 되니까 고방아만 편하면 무조건 된다는 것이다.

거기에도 당연히 가구점 종업원의 사탕발림이 작용했음은 두말하면 잔소리다.

어쨌든 모든 정리가 끝났다. 박노현 덕분에 오전에 원룸을 구했고, 그때부터 오후 늦게까지 살림살이를 장만했으며, 전자제품과 생활용품, 가구 배치가 끝난 것은 저녁 8시 30분이 되어서였다.

누군가 잽싸게 원룸 현관문에 갖다 붙인 동네 시장 안내 책자를 뒤져서 고방아가 피자와 양념통닭을 주문하고 나서 뿌르르 달려나가더니 캔맥주 여섯 개들이 두 개를 사서 서둘러 물에 담갔다가 냉동실에 넣었다.

연달아는 음식이 상하지 않게 하거나 차게 하기 위해서 냉장고가 필요하다는 사실은 아랑에게 들어서 알고 있었으나, 어째서 캔맥주를 물에 담갔다가 냉동실에 넣는 것인지 이유를 알 수 없었다.

"이렇게 하면 빠른 시간에 차가워져."

고방아는 별로 특별하지도 않은 노하우를 꽤나 으스대면

서 설명해 주었다.

"그렇군."

이윽고 주문한 피자와 양념통닭이 도착하자 고방아는 소파 가운데의 탁자에 펼쳐놓고 서둘러 캔맥주를 가져왔다.

끼릭!

그녀는 연달아에게 캔맥주 하나를 던져주고 나서 능숙하게 자기 것을 땄다.

연달아는 그녀가 하는 것을 유심히 지켜보더니 어렵지 않게 자기 캔맥주를 땄다.

어젯밤 아랑네 집에서 고방아는 캔맥주만 마셨고 연달아는 서유라 덕분에 와인만 마셨다. 그래서 캔맥주를 마시는 것은 처음이다.

그는 조심스럽게 캔을 입에 대고 한 모금 마시고 나서 맛을 음미하는 것 같았다.

고방아는 단숨에 반 캔을 마시고 나서 손등으로 입술을 문지르며 물었다.

"어때?"

연달아는 캔을 다시 입에 대고 고개를 젖히더니 숨도 쉬지 않고 한 방울도 남기지 않고 다 마셔 버렸다.

"크으……"

그는 빈 캔을 만지작거리면서 마치 신기한 것을 발견한 아이 같은 표정을 지었다.

"가슴이 뻥 뚫리고 상쾌한 이런 느낌을 이곳에서는 뭐라고 표현하오?"

고방아는 씨익 미소 지으면서 팔을 쑥 내밀며 엄지를 치켜 세웠다.

"대박!"

연달아는 환하게 미소 지었다.

"캔맥주라는 것은 정말 대박이오!"

"그렇지? 하나 더 줄까?"

연달아가 고개를 끄덕이자 고방아는 처음으로 의견이 통했다는 작은 기쁨 때문에 냉큼 일어나 냉장고에서 캔맥주 두 개를 더 가져와 하나를 그에게 던졌다.

연달아는 캔을 따면서 중얼거렸다.

"이곳에 와서 좋은 일이 딱 두 가지 있었소."

"뭔데?"

"그대를 만난 것."

캔맥주를 입에 대던 고방아는 흠칫 멈췄다가 천천히 마셨다.

"두 번째는 캔맥주의 맛을 알게 된 것이오."

고방아는 캔에서 입을 떼고 넌지시 물었다.

"당신은 내가 그렇게 좋아?"

“물론이오.”

별 관심도 없이 물었는데 연달아가 너무 진지하게 대답하자 그녀는 은근히 흥미가 생겼다.

“얼마나 좋아하는데?”

누군가 자기를 좋아하는 일은 기분 나쁜 일이 아니다.

“만약 그대에게 캔맥주를 마시지 못하게 한다면 어떤 심정이겠소?”

“살맛 안 나지. 차라리 죽는 게 나아.”

“그대가 없다면 내 기분은 그것보다 만 배는 더할 것이오.”

“……”

고방아에게서 맥주를 뺏는다는 것은 삶의 의미를 빼앗는 것이나 다름없다.

그런데 연달아에게서 고방아를 뺏는 것은 그보다 만 배나 더한 고통이라고 한다.

그 어떤 비유보다도 캔맥주에 대한 비유는 술고래 고방아의 심장에 콱콱 쑤셔 박혔다.

“그런데 말이야.”

캔맥주를 그렇게 좋아하는 고방아가 맥주를 마시다 말고 캔을 만지작거리면서 궁금한 듯한 표정으로 물었다.

“당신 나랑 잤어?”

연달아가 의미심장한 엷은 미소를 짓자 고방아는 온몸의

피가 얼굴에 확 몰리는 것처럼 화끈거려서 손을 마구 저으며 외쳤다.

"나 말고 고구려의 가연공주 말이야! 그녀랑 잤냐고?"

"잤소."

"어땠어?"

"뭐가 말이오?"

고방아는 부지중에 물어놓고 자기가 식겁을 해서 두 손을 마구 휘저었다.

"아, 아냐! 안 궁금해! 그냥 잊어!"

등줄기에서 식은땀이 주르르 흘렀다.

'어땠느냐고? 도대체 뭐가 궁금한 거야? 정신 좀 차려라, 고방아.'

"한 가지 궁금한 것이 있소."

고방아는 자신이 오버한 것에 스스로에게 조금 짜증이 난 상태라 목소리가 냉랭해졌다.

"뭔데?"

연달아는 트레이닝복 차림인 고방아의 하체 은밀한 곳을 주시했다.

"혹시 그대의 몸에 문신 같은 것이 있지 않소?"

'헉!'

고방아는 마치 은밀한 곳에 쇠꼬챙이를 찔린 듯 움찔 몸을 움츠렸다.

"무, 무슨 헛소리야? 왼쪽 허벅지에 문신 같은 게 있을 리가 없잖아!"

연달아는 그윽하게 그녀를 바라보았다.

"나는 왼쪽 허벅지라고 말한 적이 없소."

"캑! 콜록! 콜록!"

고방아는 치부를 들켜서 당황함을 감추려고 급히 맥주를 마시다가 연달아의 말에 놀라서 사레가 들어 심하게 기침을 해댔다.

연달아는 더 이상 캐묻지 않고 두 개째의 캔을 마시면서 조용히 이야기했다.

"가연공주가 오골성에 왔을 때는 늦봄이었는데, 처음 합방을 하고 나서 그녀가 한 가지 제안을 했소."

고방아는 그의 말에 조금도 관심이 없는 것처럼 창밖을 내다보았으나 온 신경은 그의 말에 집중되어 있었다.

"우리 두 사람의 사랑이 영원하도록 상대의 몸에 문신을 해주자는 것이었소."

"문신이라니? 엽기야."

그 당시의 고구려에서는 우정이라든가 주군에게의 충성심이나 결의형제, 연인이나 부부가 변치 않는 사랑을 맹세하면서 흔히 문신을 새기곤 했다.

"나는 그녀의 몸에, 그녀는 내 몸의 똑같은 부위에 똑같이 아름다울 '아(雅)' 자를 새겼소."

연달아의 '아' 와 고방아의 '아' 는 같은 한자를 쓰고 있다. 우연이라기에는 신기한 일이다.

창밖으로 보이는 올림픽공원의 야경이 색칠을 한 것처럼 화사했다.

고방아는 창밖을 보면서 캔을 입으로 가져가며 왼손으로 왼쪽 허벅지 깊숙한 곳을 가만히 눌러보았다.

'믿어지지가 않아.'

그녀의 손가락 끝이 짚은 곳에는 선명한 '아(雅)' 자 문신이 새겨져 있다.

"그런데 말이야, 당신은 내가 너무 형편없이 허약하다고 생각하지 않아?"

고방아가 밑도 끝도 없이 불쑥 물었다. 하지만 느닷없는 말은 아니다.

자기가 텐쵸오는 물론이고 그 부하에게까지 너무나도 무기력하게 당한 것에 대해서 계속 고심하고 있었다.

"그대는 내가 지킬 것이오."

고방아는 살짝 연달아를 흘겼다.

"당신이 그림자야?"

"그림자가 될 것이오."

“내가 화장실에 있을 때나 아니면 목욕탕에 있을 때도 내 곁에 있을 거야?”

“목욕탕이 무엇이오?”

고방아는 목욕탕이 무엇을 하는 곳이며 남탕과 여탕이 따로 있다는 것에 대해서 설명해 주었다.

“음, 그렇구려.”

“그런데 말이야.”

고방아는 눈살을 찌푸렸다.

“그 말투 좀 고치면 안 될까?”

“내 말투 말이오?”

“이랬소, 저랬소, 그렇구려, 그러는 게 옛날 사람이나 영감 같잖아. 요즘 누가 그런 말투를 써?”

연달아는 과연 이곳에서는 자기와 같은 말투를 쓰는 사람을 아무도 본 적이 없다.

“어떻게 말하면 되오?”

“반말을 할 때는 이랬다, 저랬다 하고, 존대를 할 때는 이랬습니다, 저랬습니다, 라고 하면 돼. 해봐.”

“알겠습니다.”

“에휴.”

“무슨 문제가 있습니까?”

연달아는 가르쳐 주는 대로 뭐든지 금방 배웠다. 하지만 응

용을 하지 못했다.

고방아는 답답하다는 듯 캔맥주를 탁자에 소리 나게 내려 놓고는 주먹으로 제 손바닥을 탁탁 쳤다.

"나는 당신보다 한 살 어리잖아! 어린 사람에겐 반말을 해야지! 안 그래?"

"그럼 나이 많은 사람에겐 존대를 씁니까?"

"당연하지!"

크게 고개를 끄덕이던 고방아는 '그럼 너는 왜 한 살 많은 나한테 반말을 하느냐?' 라고 말하는 것 같은 연달아의 의중을 간파하고 구렁이 담 넘어가듯이 피해갔다.

"예외라는 게 있어."

"그대가 내게 반말하는 것 같은 예외 말입니까?"

"그, 그래. 어쨌든 나한테 반말 해봐."

"흠!"

연달아가 어떻게 할까 잠시 생각하는 듯하자 고방아가 어렵지 않다는 듯 가르쳐 주었다.

"가연공주에게 하듯이 해봐."

연달아는 눈을 빛냈다.

"그래도 됩니까?"

"해봐."

연달아는 캔맥주를 내려놓고 고방아를 향해 두 팔을 뻗으면서 은근한 추파를 던졌다.

"이리 오너라, 방아. 오늘 밤 우리 한번 흐벅지게 뒹굴어보자꾸나."

휙!

"나가 죽어!"

고방아는 연달아를 향해 캔을 세차게 집어 던졌다.

척!

연달아는 캔을 가볍게 낚아채서 잡고는 고개를 젖히고 호탕하게 웃었다.

"핫핫핫핫!"

"뭐가 웃겨?"

고방아는 씨근거리면서 연달아를 힘껏 노려보았다.

제19장

완전무장

RUNNER
런너

연달아는 밴틀리 트렁크에 있는 가방을 갖고 올라왔다.

고선우가 트렁크에 가방이 있으니 나중에 열어보라고 얘기했었는데 이사를 하고 또 고방아와 술을 마시느라 잊고 있었다.

"뭐야?"

벌써 캔맥주를 다섯 개나 마신 고방아가 가방을 들고 소파로 오는 연달아를 보며 시큰둥하게 물었다.

"나도 모른다."

고방아에게 반말을 하기로 한 연달아의 말투는 거의 시비

조, 혹은 건방지기 짝이 없다.

고방아는 자기가 그러라고 시켰기 때문에 참을 수밖에 없다고 생각했다. 다시 가르치자니 복장이 터져서 죽을 것 같았기 때문이다.

가방은 꽤나 크고 묵직했다. 연달아는 열어보지는 않았으나 무게감으로 쇠붙이가 들었을 것이라고 짐작했다.

쿵!

연달아가 가방을 내려놓자 무게 때문에 탁자의 다리가 삐걱거렸다.

고방아는 심상치 않음을 느끼며 입에서 캔을 떼고 가방을 뚫어지게 쳐다보았다.

직!

연달아가 지퍼를 단번에 끝까지 열었다. 지퍼를 열 줄도 알고 꽤나 익숙해졌다.

퉁!

활짝 열린 가방 안의 내용물을 보던 고방아의 손에서 캔맥주가 바닥으로 떨어졌다.

"오 마이 갓!"

가방을 열면 책처럼 완전히 펼쳐지게 되어 있는데, 가방 안에는 여러 개의 벨트가 가로세로로 있고 각 벨트마다 여러 자루의 권총과 경기관총, 분해된 저격용 라이플이 단단하게 고정되어 있었다.

그리고 한쪽 구석에는 작은 박스들이 쌓여 있는데 척 보기에도 탄환이 분명했다.

정확하게는 권총이 4정과 경기관총 2정, 저격용 라이플 2정씩이다.

"이… 게 뭐야?"

고방아는 눈을 동그랗게 뜨고 총기에 시선이 고정된 채 물었다.

몸이 뻣뻣하게 굳어지고 수만 볼트 전기가 정수리를 관통하는 느낌이다. 즉, 놀라움과 황홀감이 한꺼번에 온몸을 휩쓸고 있는 것이다.

"고선우가 그대에게 필요할 것이라고 주고 갔다."

"그럼 이게 내 거란 말이지? 흐흥!"

고방아는 콧김을 뿜어내며 손을 뻗어 제일 먼저 잡히는 대로 하나의 권총 벨트를 풀었다.

찍!

그녀는 권총을 두 손으로 잡아 천천히 들어 올리면서 황홀한 표정을 지었다.

"이게 말로만 듣던 글록26이로구나. 햐아! 너 정말 아름답구나."

연달아는 총기에 대해서 아무것도 모르기 때문에 캔맥주

를 마시면서 묵묵히 고방아를 지켜보았다.

술고래인 고방아는 그렇게 좋아하는 캔맥주를 마시는 것도 잊은 채 흑회색의 칙칙한 빛을 띠고 있는 권총을 쓰다듬고 이리저리 살피느라 여념이 없다.

한참 만에 정신을 차린 다시 그녀는 가방 안을 뒤적이더니 조금 전에 글록26을 꺼낸 벨트의 주머니에서 긴 쇠뭉치를 꺼내며 입이 함지박만 해졌다.

"으헤헤, 소음기까지 있어. 죽인다, 정말."

끼릭끼릭.

총구에 열심히 소음기를 맞춘 그녀는 다시 가방을 뒤지며 반쯤 정신이 나간 사람처럼 중얼거렸다.

"도대체 총알은 어디 있는 거야? 총알… 아! 여기 있다. 그렇쿼! 푸하하!"

철컥철컥.

그녀는 능숙한 솜씨로 탄창에 총알을 장전하면서 희희낙락 중얼거렸다.

"9㎜ 루거탄, 탄창 용량 17발, 반자동. 이거면 무적이지, 뭐. 푸헤헤헤!"

연달아는 사람이 어떻게 잠깐 사이에 이렇게 돌변할 수 있는 것인지 신기하기만 했다. 고방아를 구경하는 것만으로도 재미있었다.

그녀는 완전 장전에 소음기까지 부착한 글록26을 오른손
에 쥐고 왼손으로 손목을 받치고는 가늠자에 한쪽 눈을 갖다
붙이고 이리저리 겨누면서 흥분을 감추지 못하고 콧김을 씩
씩 뿜었다.

"햐아, 이거 어디 한번 갈겨봐야 하는데……."

그녀는 지금 당장 쏴보지 못하는 것이 못내 아쉬운 듯 한숨
을 내쉬면서 글록26을 내려놓고 가방을 뒤적이다가 아까보
다 더 큰 환호성을 질렀다.

"우와! USP!"

그녀는 너무 놀라고 흥분해서 권총에 대해서 아무것도 모
르는 연달아에게 외쳐댔다.

"이거 세계 최고의 명권총들의 장점만을 조합해서 개발한
최고 수준의 명권총이야!"

연달아가 보기에는 USP라는 것이 조금 전의 글록26보다
조금 더 길고 회색이라는 것이 다르게 보일 뿐이지 그게 그거
같았다.

고방아는 좋아서 어쩔 줄을 모르면서 한동안 USP를 갖고
희희낙락하다가 또다시 가방을 뒤지더니 두 정의 권총을 더
찾아내고는 귀가 먹먹할 정도로 환호성을 터뜨리면서 알아듣
지도 못할 월셔P99니 시그자우어P226이니 하며 귀 따갑게
떠들어댔다.

딩동~

그때 갑자기 현관문에서 벨 소리가 들렸다. 고방아와 연달아는 오늘 이사 왔기 때문에 찾아올 사람이 없다.

이 집을 알고 있는 단 한 사람, 박노현이 있지만 제정신이라면 이 밤중에 무슨 봉변을 당할지도 모르는데 제 발로 찾아올 리가 없다.

순간 고방아의 눈빛이 날카롭게 변했다. 먹이를 발견한 맹수의 눈빛이 이럴 것이다.

방금 소음기를 부착하고 탄창에는 9㎜파라블럼 탄환 15발을 장전한 시그자우어를 쥐고 있겠다. 눈에 보이는 게 없는 그녀다.

사사삭—

그녀는 발뒤꿈치를 들고 고양이처럼 재빨리 현관으로 달려가서 문에 찰싹 달라붙더니 조심스럽게 한쪽 눈을 도어뷰에 갖다 붙였다.

지금의 표정이나 기세로 봐서는 잡상인이나 예수님을 믿으라고 온 사람이라도 걸리기만 하면 탄창에 15발을 모조리 갈겨 버릴 것 같다.

그런데 현관문 밖에서 공손히 허리를 굽혔다가 펴는 사람은 뜻밖에도 고선우였다.

그는 고방아가 내다볼 것을 알고 있었다는 듯 정확한 시간에 깊숙이 허리를 굽혔다.

"뭐야?"

고방아는 김이 확 샜다는 듯 문을 열어주며 곱지 않은 눈길로 고선우를 쏘아보았다.

"밤늦게 죄송합니다."

"죄송한 줄 알면 왜 왔어?"

고선우는 고방아가 쥐고 있는 시그자우어를 가리키며 공손하게 말했다.

"고방아님께서 좋아하실 물건을 갖고 왔습니다."

고방아는 시그자우어와 고선우를 번갈아 쳐다보며 입이 헤벌어졌다.

"내가 좋아할 물건이라고?"

그녀는 번개같이 소파 제자리에 돌아가서 착 앉고는 버럭 소리를 질렀다.

"어서 안 들어오고 뭐하고 있어?"

고선우는 소파에 앉아서 자연스럽게 캔맥주를 마시고 있는 연달아를 향해 직각으로 허리를 굽히고는 조심스럽게 소파로 다가왔다.

고선우는 가죽으로 만든 작은 가방을 탁자에 내려놓고 한 걸음 뒤로 물러섰다.

"열어보십시오."

고방아는 고선우를 힐끗 보고는 조금 긴장된 표정으로 가방의 지퍼를 열었다.

지익—

가방 안에 들어 있는 것은 한눈에도 가죽벨트, 즉 청바지나 진에 사용하는 허리띠라는 것을 알 수 있었다.

짙은 갈색의 벨트는 돌돌 말려 있었는데 부피가 매우 컸다. 더구나 돌돌 말린 위쪽에 촘촘하게 은색의 징 같은 것들이 박혀 있는 것이 눈에 띄었다.

슥—

고방아가 벨트를 들어 올리니까 보기보다 훨씬 묵직했다.

출렁~

벨트를 펼치는 순간 무게 때문에 하마터면 놓칠 뻔했다. 그러나 그녀는 벨트를 들어 그곳에 촘촘하게 박혀 있는 은빛 물체를 자세히 들여다보고는 어리둥절한 표정을 지었다.

"이거 총알이야?"

그녀는 어제 고선우를 처음 보고서도 거침없이 반말이다.

"그렇습니다."

고선우는 엷은 미소를 지었다. 고방아가 곧 어떤 반응을 보일는지 예상하는 듯한 미소다.

"전문적으로 런너와 5수행자를 잡는 총알입니다."

"이, 이게?"

고방아는 벨트에 촘촘하게 꽂힌 총알 중에서 하나를 뽑아 살펴보았다.

반짝이는 은빛 탄환, 즉 은탄이다. 그런데 탄환에 어떤 문양이 새겨져 있었다. 자세히 들여다보던 그녀는 눈을 크게 뜨며 놀랐다.

"삼족오!"

자그마한 은탄에 새겨져 있는 삼족오 문양은 금방이라도 창공으로 날아오를 듯이 생생했다.

고방아는 흥분을 감추지 못하고 트레이닝복을 입은 허리 위에 벨트를 둘러서 맸다.

그리고는 트레이닝복 상의를 들어 올리자 가느다란 허리에 둘러져 있는 벨트의 전체 모습이 드러났다. 벨트이긴 하지만 탄띠였다.

탁!

"벨트에 있는 삼족오탄(三足烏彈)이 서른 개이고, 여기에 100개가 더 있습니다. 필요하시면 언제든지 말씀만 하십시오. 더 만들어 드리겠습니다."

고선우는 가방에서 작은 박스 몇 개를 더 꺼내 탁자에 내려놓으며 말했다.

고방아는 너무 기분이 좋아서 지금 이게 현실이 아니라 꿈을 꾸는 것만 같았다.

그녀는 총이나 무기, 기계류를 광적으로 좋아하는데, 지금까지 자기 소유의 것은 할리 하나뿐이었다. 사용하던 권총 매그넘은 경찰 소유지 그녀 것이 아니다.

그녀는 서둘러서 시그자우어 탄창에 삼족오탄을 장전했다.

"삼족오탄. 근사한 이름이야."

그녀는 감탄을 연발하면서 벨트가 잘 보이도록 트레이닝복 상의를 브래지어 바로 아래에서 질끈 묶고는 오른손에 소음기를 단 시그자우어를 쥐고 방 안을 이리저리 걸어다니면서 온갖 폼을 다 잡았다.

그 모습을 보면서 연달아는 빙그레 흐뭇한 미소를 지었다. 고방아가 기뻐하는 모습을 보니까 그는 자기가 기쁜 것보다 더 좋았다.

그런데 그녀는 갑자기 동작을 뚝 멈추더니 생각난 듯 고선우에게 물었다.

"삼족오탄이 런너를 잡는다고 그랬나?"

"그렇습니다."

슥—

그녀는 시그자우어를 연달아에게 겨누었다.

"그럼 저 작자도 죽일 수 있다는 거지?"

고선우는 식은땀이 삐질 났다.

“그, 렇습니다만……”

그러나 연달아는 빙그레 미소만 지을 뿐이다.

고방아는 짐짓 살벌한 미소를 지으면서 은근히 연달아를 윽박질렀다.

“까불지 마.”

“알았다.”

고방아는 갑자기 연달아에게 소리쳤다.

“뭐해? 저 친구 맥주 좀 주지 않고!”

고선우가 고마운 나머지 피 같은 맥주까지도 주라고 한다.

“아, 아닙니다.”

연달아가 캔맥주를 가지러 일어나려고 하자 고선우는 화들짝 놀라서 손을 내저었다.

“괜찮아. 앉아 있어.”

연달아는 고선우의 어깨를 꾹 눌러서 소파에 앉히고 냉장고에서 캔맥주 네 개를 갖고 왔다.

“연화도 들어오라고 해.”

연달아는 자리에 앉으면서 고선우에게 시켰다.

“네? 그걸 어떻게 아셨습니까?”

“네가 방금 속으로 ‘연화가 밖에서 기다리고 있을 텐데…’ 그랬잖아.”

“아, 아, 독심술을 하시는군요.”

곧 고선우가 문을 열어주어 연연화가 가방 몇 개를 들고 들어왔다.

연연화는 자기가 들고 온 가방, 아니, 케이스들을 탁자에 늘어놓으며 설명했다.

"이것은 라이플 슈트 케이스고, 이것은 자동권총 케이스, 또 이것은 경기관총 케이스입니다. 그리고 이것은……."

그녀는 가방에서 어깨 벨트를 꺼냈다. 어깨에 단단하게 메도록 되어 있는데 양쪽에 고급스러운 권총 케이스가 하나씩 부착되었다.

즉, 상의 안에 어깨 벨트를 차고 양쪽 가슴에 한 자루씩 두 자루의 권총을 꽂게 되어 있다.

연연화는 또 허리에 차는 권총 벨트와 종아리에 차는 권총 벨트도 꺼내놓았다.

"우와아!"

고방아는 눈을 반짝이면서 벌린 입을 다물지 못했다.

잠시 후에 고방아는 트레이닝 바지 위에 삼족오탄 벨트를 두르고, 거기 오른쪽 골반 부위에는 USP를 꽂고, 왼쪽 종아리 벨트에는 월서P99를, 그리고 티셔츠를 입은 위에 어깨 벨트, 양쪽 겨드랑이에 시그자우어와 글록26을 꽂고는 우뚝 서서 몸을 곧게 폈다. 온몸에 도합 네 자루의 권총을 찬 것이다.

"나 어때?"

그녀는 천진난만한 어린아이처럼 좋아하며 뻐기듯이 물었
다.

연달아는 캔맥주를 내밀면서 환하게 웃어 보였다.

"대박이다!"

"우핫핫핫핫!"

고방아는 두 손을 허리에 얹고 고개를 젖히며 우렁찬 웃음
을 터뜨렸다.

쿵쿵쿵!

"거 잠 좀 잡시다!"

그때 벽이 울리면서 옆방에서 누군가 외치는 소리가 조그
맣게 들렸다.

고방아는 시그자우어를 뽑더니 슬쩍 인상을 쓰며 벽을 겨
누었다.

"저 자식, 갈겨 버릴까?"

한바탕 소동이 지나간 후에 네 사람은 소파에 앉았다.

아니, 소동이 지나갔다고는 하지만 고방아의 흥분은 며칠
쯤 지나야 가라앉을 것 같았다.

고방아와 연연화, 연달아와 고선우가 나란히 앉아서 서로
마주 보고 있다.

연달아와 고방아는 술을 마시는데, 고선우와 연연화는 캔

을 든 채 입에 대지도 못하는 중이다.

여전히 온몸에 네 자루 권총으로 무장하고 있는 고방아가 해결사로 나섰다.

"우리 넷은 한 팀이지?"

"그렇습니다."

고선우와 연연화가 합창하듯이 대답했다.

"팀원들끼리 가장 빨리 친해지는 방법이 뭐지?"

답을 알고 있는 고선우와 연연화는 감히 대답하지 못하고 머뭇거렸다.

고방아는 넉살좋게 팔을 뻗어 연연화의 어깨에 걸쳤다.

"진탕 마시고 한번 죽었다가 깨는 거야."

"압… 니다."

고방아는 갑자기 캔을 높이 쳐들었다.

"지화자!"

고선우와 연연화도 캔을 들어 올렸다.

"좋다!"

그렇게 그날 밤의 죽기 살기 술자리는 시작되었다.

"어이, 당신! 대한민국 맥주 맛 어때?"

술이 취할수록 눈이 더욱 또렷하게 빛나는 별종인 고방아가 연달아에게 물었다.

연달아는 빙그레 미소 지었다.

"좋군."

"고구려에선 주로 무슨 술 마서?"

"기장으로 담근 기장술이나 수수로 담근 고량주, 아니면 말 젖으로 만든 마유주 같은 것이지."

"이건 호프라는 보리로 만든 술이야."

"호오, 보리술인가?"

술이 모자라서 고선우가 밖에 나갔다가 커다란 박스에 캔 맥주를 가득 담아서 들고 돌아왔다. 그것을 보고 고방아는 신바람이 났다.

"그런데 말이야?"

문득 고방아가 궁금하다는 듯 말했다.

"텐쵸오의 정체가 대체 뭐야? 묵인자의 제1수행자 같은 거 말고."

고선우는 어떻게 해야 할지 묻는 듯 연달아를 쳐다보았다. 연달아가 가볍게 고개를 끄덕이자 고선우는 가라앉은 목소리로 대답했다.

"1350여 년 전 당나라의 공주였습니다."

고방아는 의아한 표정을 지었다.

"공주? 무슨 공주?"

고선우는 차분하게 설명했다.

"그녀는 당태종 이세민의 딸인데 그녀도 우리처럼 연속환생자입니다.”

고방아는 동작을 뚝 멈추었다.

“그럼 묵인자가 당태종 이세민인 건가?”

“그렇습니다.”

고방아는 놀라움을 삼키면서 고개를 끄덕였다.

“이세민의 딸이 텐쵸오다 그거로군.”

“텐쵸오는 당나라 시절에 장락공주(長樂公主)였습니다.”

고방아는 가슴에 차고 있는 권총을 쓰다듬었다. 텐쵸오 따 윈 아무것도 아니라는 표정이다.

“그년만 죽이면 묵인자는 외톨이가 된다 이건가?”

고선우는 씁쓸한 표정을 지었다.

“그렇지 않습니다.”

“그렇지 않으면?”

고선우는 조금 주저하다가 조용히 말했다.

“당태종 이세민에겐 열네 명의 아들과 스물두 명의 딸이 있었습니다. 그래서 14왕자 22공주입니다.”

고방아는 무언가 알 수 없는 불길한 느낌이 들었다. 가슴속 에서 스멀거리는 것이 있었다.

“그런데?”

“그들 서른여섯 명이 모두 묵인자의 제1수행자 가디언입 니다.”

"……."

너무 엄청난 충격에 고방아는 눈을 크게 뜨고 입을 벌린 채 아무 말도 하지 못했다. 그러다가 한참 만에야 억눌린 듯 겨우 입을 열었다.

"그럼 설마… 그 서른여섯 명 각각에게 5수행자들이 있다는 말은 아니겠지?"

"맞습니다."

"이런… 빌어먹을!"

고방아는 오만상을 쓰며 내뱉었다. 해머로 뒤통수를 호되게 얻어맞은 기분이 들었다.

"36 곱하기 5는 180. 텐쵸오의 부하 셋을 죽였으니까 앞으로 177명이나 남은 거야?"

이번에는 고선우도 아무 말을 하지 않았다.

연달아는 아까 이른 아침에 고선우에게 운전 교습을 받고 와서 연정토에게 묵인자에 대해서 들었기 때문에 이 사실을 알고 있었다.

모두들 가라앉은 표정인데 연달아 혼자만 느긋하게 캔맥주를 마시고 있다.

"177명이라……."

단 한 번도 의지가 꺾여보거나 기가 죽어본 적이 없는 고방아지만 지금은 압박감을 느끼고 있었다.

그때 연연화가 고선우에게 어떤 눈짓을 보내는 것을 고방
아가 발견했다.

"또 뭐야? 아직 말하지 않은 게 더 있는 거야?"

고선우의 표정이 암울하게 변하는 것을 고방아는 놓치지
않았다. 그래서 조금 더 불안해졌다.

"그렇습니다."

"하아, 말해봐."

고방아는 이 이상 뭘 더 놀랄 것이 있겠는가 하는 심정으로
고개를 끄덕였다.

고선우는 캔맥주를 내려놓고 두 손을 깍지를 껴서 무릎에
얹고는 단정한 자세로 말문을 열었다.

"묵인자를 비롯한 177명을 일컬어서 묵인군단(墨忍軍團)이
라고 합니다."

고방아는 진지한 표정으로 고개를 끄덕일 뿐 아무 말도 하
지 않았다.

"우리가 파악한 바에 의하면, 텐쵸오는 일본에서 탄탄한
세력을 구축하고 있습니다."

"세력? 무슨 세력?"

"일본 정계와 재계는 물론이고 심지어 자위대의 고위층들
을 여러 방법으로 포섭하거나 협박하여 부하로 거느리고 있
습니다."

고방아는 전혀 예상하지 못했던 말에 움찔했다. 자위대라면 일본의 군대다.

연연화는 가만히 앉아 있었다. 그녀는 보기와는 달리 말이 없는 편이다.

"또한 조사에 의하면 텐쵸오는 대한민국 국내에도 영향력을 행사하고 있는 것으로 알려져 있습니다. 몇 개의 사업체와 조폭을 거느리고 있으며, 정관계에도 연줄이 있는 것 같습니다."

고방아는 기가 막힌다는 표정을 지었다.

"그 정도야?"

"텐쵸오는 그냥 제1수행자 가디언이 아닙니다. 그녀 한 명이 작은 국가라고 생각하시면 됩니다."

"엄청나잖아, 그거."

중얼거리던 고방아는 무슨 생각을 했는지 몸을 움찔 크게 떨었다.

"그렇다면 설마……."

그녀는 자기가 지금 생각하고 있는 예상이 제발 맞지 않기를 바라는 듯한 표정을 지었다.

"묵인자의 아들딸 서른여섯 명이 모두 텐쵸오 같지는 않겠지? 응? 안 그렇지?"

고선우는 착잡한 표정을 지었다.

"안타깝게도 서른여섯 명 모두가 텐쵸오와 비슷한 세력을 구축하고 있는 것으로 짐작하고 있습니다."

"마, 말도 안 돼."

고방아는 엄청난 충격에 말까지 더듬었다.

"어, 어떻게 그게 가능해? 일본에서 그렇다는 거야? 아니면 한국에서?"

"전 세계입니다."

고방아는 아예 할 말을 잃었다. 머릿속이 새하얗게 변하는 것 같았다.

그때 연달아의 목에서 아랑의 노랫소리가 흘러나왔다. 아랑의 전화다.

그녀는 거의 30분 간격으로 연달아에게 전화를 하는 중이다.

그러면 연달아는 조금도 귀찮아하는 기색 없이 그녀와 대화를 나누었다.

지금도 그는 휴대폰 통화 버튼을 누르고 미소를 지으며 아랑의 물음에 대답을 해주고 있다.

"응. 아직도 술 마시고 있다."

"아유, 너무 많이 마시면 오빠 몸 상해요. 내일 아침에 숙취약 꼭 사드세요."

"알았다."

숙취약이 무엇인지 모르지만 그는 고개를 끄덕였다.

"뭐 좀 드시고 술 마시는 거예요?"

그때 부글부글 끓고 있던 고방아가 연달아의 휴대폰을 낚아채려고 손을 뻗었다.

"이리 줘! 박살 내버릴 거야!"

연달아가 얼른 피하자 휴대폰에서 아랑의 해맑은 목소리가 흘러나왔다.

"방아 언니, 왜 또 그래요? 어디 아프대요? 좀 대충 하라고 그래요."

"그래."

"오빠, 주무실 때 제 꿈 꿔야 해요. 알았죠? 많이많이 사랑해요. 알라뷰~ 쪼오옥~"

"오냐."

"오빠도 해야죠."

"나도 사랑한다."

"헤헤헤, 기분 좋아."

고방아는 시그자우어를 뽑아 휘둘렀다.

"저년 먼저 죽이고 말겠어!"

고방아가 이른 아침에 눈을 떴을 때 연달아는 이미 깨서 TV를 보는 중이었다.

무슨 오곡밥을 맛있게 만드는 요리 강좌 같은 프로였는데,
연달아는 소파에 앉아서 꼼짝도 하지 않은 채 TV를 지켜보고
있었다.

"꺼억."

고방아는 잔뜩 구겨진 트레이닝복 차림으로 침대에서 내
려와 비틀거리면서 냉장고로 향했다.

어젯밤에 맥주를 얼마나 많이 마셨는지 마지막에는 필름
이 끊어져서 아무것도 생각나지 않았다.

고선우와 연연화도 꽤 많이 취한 것 같은데 연달아는 또렷
한 맨 정신이었던 것으로 기억했다.

"잘 잤느냐?"

연달아가 미소를 지으면서 묻는데도 그녀는 대꾸도 하지
않고 냉장고에서 캔맥주를 꺼냈다.

끼릭—

아침에 일어나서 더부룩한 속과 몽롱한 정신을 달래는 데
는 차디찬 맥주만 한 것이 없다고 확신하는 그녀다. 이른바
해장술 신봉주의자다.

긴 머리카락이 까치 둥우리처럼 마구 헝클어져 있고, 트레
이닝 하의는 궁둥이에 걸쳐져서 팬티가 보였으며, 손으로 옆
구리 맨살을 득득 긁었다. 그러면서 캔맥주를 마시며 화장실
로 들어갔다.

그녀가 화장실에 들어간 지 얼마 있지 않아서 침대에서 휴대폰의 벨이 울렸다.

따르르릉.

아랑의 노랫소리가 아닌 것으로 봐서 고방아 휴대폰이다.

"누구야?"

고방아가 화장실에서 소리쳤다.

연달아는 침대의 이불을 뒤적여서 그녀의 휴대폰을 찾아내 발신자를 확인했다. '강 선배'라고 떴다.

"강 선배다."

"갖다 줘."

연달아는 아무 생각 없이 휴대폰을 갖고 화장실 문을 열고 들어갔다.

들어가자마자 양변기가 있고 그다음에 세면대, 그리고 샤워 부스의 순서로 있다.

그러니까 연달아는 문을 열자마자 트레이닝 하의를 발목까지 내린 채 허옇고 펑퍼짐한 궁둥이를 까고 양변기에 앉아서 볼일을 보고 있는 고방아를 발견한 것은 물론 확 끼쳐 오는 구린내를 맡았다.

"이리 줘."

고방아는 한 손에는 캔맥주를 들고 마시다가 다른 손을 내밀면서 연달아를 쳐다보았다.

　그녀의 부스스한 얼굴에 반쯤 감겨 있는 눈에는 눈곱이 붙어 있다. 그러나 연달아의 눈에는 그런 모습의 그녀도 예뻐 보였다.

　"응. 나야, 강 선배."

　그녀는 휴대폰을 귀에 대고 전화를 받다가 연달아가 문을 연 채 서서 지켜보고 있는 것을 보고는 턱으로 나가라는 시늉을 해 보였다.

　"냄새 나잖아. 어서 나가."

　자기 궁둥이 깐 거 보여주는 건 괜찮고, 연달아가 냄새 맡는 것을 걱정해 주고 있다.

　휴대폰에서 강 형사의 목소리가 흘러나왔다.

　"누가 같이 있니?"

　"응. 연달아."

　"아, 그 친구? 같이 지내는 거니?"

　"대충 그래. 그거 물어보려고 전화한 거야? 이 꼭두새벽에? 끊어."

　"방아야!"

　"……."

　"방아야! 끊었니?"

　"안 끊었다. 할 말 더 있어?"

　휴대폰 너머에서 강 형사가 쩔쩔매는 모습이 그려졌다.

“어제 강변에서 너 공격하다가 죽은 자가 세 명 있었다는
거 알고 있지?”

“알고 있어.”

“그들 시체 부검하려고 국과수로 옮겼는데 그중 하나가 간
밤에 감쪽같이 사라졌다.”

“뭐어?”

고방아는 양변기에 앉아 있다는 사실도 잊은 듯 벌떡 일어
났다가 앉았다.

“총탄 수십 발 맞고 벌집이 된 시체가 살아서 걸어나갔을
리는 없고… 누가 훔쳐 간 것 같다.”

고방아는 단정하듯이 말했다.

“그놈 걸어서 나간 거야.”

“뭐?”

고방아는 런너의 5수행자들이 평범한 인간이 아니라는 사
실을 잘 알고 있다.

“누가 없어진 거야?”

“청담대교 위에 있던 저격수다.”

고방아는 그자가 텐쿄오의 부하로 3수행자인 디스트로이
어라는 사실을 연정토에게 들었다.

“그자만 사라졌어?”

“그래.”

고방아는 잠시 동안 아무 말도 하지 않은 채 곰곰이 생각에 잠겼다.

그리고는 죽은 세 명 중에서 단 한 명만 사라졌다는 것은 그들의 죽음이 달랐기 때문, 즉 죽은 형태가 달랐기 때문이라는 결론을 얻었다.

즉, 청담대교의 디스트로이어와 운전수는 경찰특공대의 총탄세례를 받았고, 제4수행자인 사도 비달은 연달아의 환두대도에 죽었다.

다시 말하면 경찰특공대의 총탄세례를 받은 디스트로이어는 부활했지만, 런너인 연달아의 환두대도에 죽은 사도는 그러지 못했다. 결국 런너에게 죽은 자는 부활하지 못한다는 뜻이다.

"운전자는?"

고방아는 운전자가 그저 평범한 인간일 것이라고 생각하면서 물었다.

"그자의 신원조회가 나왔는데… 에… 그러니까……"

"안 들어도 돼."

평범한 인간이라면 알 필요가 없다고 생각했다.

"블랙스파이더라는 조직의 똘마니야."

"뭐? 이름이 뭐야?"

그 순간 고방아의 뇌리를 번쩍 스치는 것이 있다. 그녀가 부업으로 하고 있는 사립 탐정 일의 첫 사건인 박미진 강간 폭행 사건에 연루된 조직이 손등에 거미 문신을 한 블랙스파이더였다.

강 형사가 뭔가 뒤적이는 것 같더니 대답했다.

"성명 박동철이고… 주소 불명이야. 그냥 블랙스파이더 행동대원이라고만 나와 있다."

'이것 봐라? 재미있는데?'

텐쵸오의 부하인 제3수행자 디스트로이어를 태운 차의 운전자가 박미진의 남친이며 강간 폭행 사건의 범인일 가능성이 가장 높은 박동철이라니, 이건 뭔가 있다. 고방아는 필이 팍 왔다.

"강 선배, 텐쵸오하고 블랙스파이더가 무슨 관계야?"

"그건 자료에 안 나왔어. 블랙스파이더라는 조직이 경찰 조회에도 파악이 안 되어 있는 걸 보면 강남 일대 잔챙이인 것 같다."

고방아는 보이지 않는 강 형사에게 인상을 썼다.

"텐쵸오가 잔챙이야?"

그 말은 텐쵸오 같은 거물의 부하가 운전수로 데리고 다닐 정도라면 잔챙이가 아닐 수도 있다는 뜻이다. 텐쵸오가 아무나 운전수로 사용할 리는 없다.

"듣고 보니까 그렇군."

강 형사의 목소리가 심각해졌다.

"강 선배, 그 이후로 텐쵸오 행적 파악됐어?"

고방아는 잠이 확 달아났다. 텐쵸오라면 이가 갈리는 그녀가 아닌가.

"아니. 그저께 강변 사건 이후로 오리무중이다. 그때 보니까 텐쵸오도 연달아에게 부상을 당한 것 같던데……."

강 형사는 무슨 말인가 묻고 싶은 것이 있는 듯하더니 말을 삼켰다.

"부탁이 있어."

"말해봐."

강 형사는 어제 이른 아침에 강남경찰서장 유도한하고 함께 정체를 알 수 없는 '어르신'을 뵈러 갔었다.

'어르신'을 뵙기 전에 유도한이 강 형사에게 넌지시 일러준 말이 있었다.

"나도 '어르신'이 누군지는 모르지만 현직 장관을 손가락으로 부리는 분이라고 알고 있다."

그때 현직 장관을 손가락으로 부릴 정도의 엄청난 권력을 지닌 '어르신'은 유도한과 강 형사에게 친히 모습을 보여주시고는 딱 한 마디 말씀하셨다.

"고방아 경위에게 텐쿄오에 관한 모든 편의와 정보를 제공하고
전폭적으로 지원하라."

그래서 강 형사는 이른 아침부터 고방아에게 전화를 해서
소위 '보고'를 하고 있는 것이다.
서울지방경찰청 외사과 소속인 그가 강남경찰서 교통지도
계 소속인 고방아에게 말이다.
"지금 즉시 강남 일대를 장악하고 있는 조폭에 대한 정보
를 알아봐 줄 수 있겠어?"
"접수. 조금 이따가 전화할게."
"서둘러."
고방아는 전화를 끊었다. 걷잡을 수 없는 흥분이 한꺼번에
파도처럼 밀려들었다.
이제는 텐쿄오 따윈 조금도 두렵지가 않다. 그녀에겐 막강
한 화력이 있기 때문이다. 어제의 고방아와 오늘의 고방아는
전혀 다르다.
그녀는 주위를 두리번거리다가 연달아에게 소리쳤다.
"휴지 좀 줘!"

제20장

야쿠자

R U N N E R
런너

아침 9시. 고방아는 연달아와 함께 원룸을 나섰다.

고방아는 물이 잘 빠진 청바지에 부츠를 신고, 짙은 갈색의 색 바랜 가죽점퍼를 입었으며, 레이밴 선글라스를 꼈다. 헬멧을 쓰지 않았을 뿐이지 할리를 타고 라이딩을 하러 가는 복장이다.

그녀가 원룸을 나서자 마침 원룸 앞거리를 오가던 행인들이 모두 걸음을 멈추고 그녀를 쳐다보았다.

긴 머리카락을 휘날리면서 늘씬한 몸매를 유감없이 발휘하며 쭉쭉 시원스럽게 걷는 그녀의 모습은 국내용이 아니라 세계적 글래머 스타와 다름 아니었다. 국내에서는 이 정도 미모에 글래머를 찾아보기 어렵다. 그러니 사람들의 눈이 번쩍 뜨이는 것은 당연지사다.

하지만 사람들은 모른다. 조금 아까까지만 해도 이 우아한 미모의 글래머가 부스스한 트레이닝복 차림으로 궁둥이를 까고 변기에 앉아서 휴지를 갖다 달라고 소리를 질렀다는 사실을.

걸음을 멈추고 고방아를 바라보는 사람들은 이번에는 뒤따라 나온 연달아의 모습에 눈이 휘둥그레졌다.

고방아보다 머리 하나는 더 큰 후리후리한 키에 정말 잘생긴 청년의 모습에 넋을 빼앗기고 말았다.

그는 미끈하게 잘생기기만 한 것하고는 달랐다. 강인하면서도 듬직했다.

그는 등에 무엇인가 검고 길쭉한 가죽으로 만든 물건을 메고 있었다. 악기나 운동 기구 케이스처럼 보였다.

고방아는 가죽점퍼 안 양쪽 겨드랑이 아래에 시그자우어와 글록26 권총 두 자루를 소음기를 부착해서 찼으며, 허리벨트와 종아리에는 USP와 월서P99를 차고 있다. 그리고 허리에는 삼족오탄이 꽂힌 벨트를 하고 있다.

가슴과 허리에서 전해지는 묵직함이 그녀에게 더할 수 없는 안정감과 파워를 느끼게 해주었다. 세상에 무서운 것이 없는 그녀다.

연달아가 어깨에 메고 있는 케이스 안에는 환두대도가 들어 있다.

환두대도만 지니고 다니면 이상하게 보일 것이기 때문에 연정토가 특별히 주문, 제작하여 전혀 칼집처럼 보이지 않게 만든 케이스다.

고방아가 세 든 원룸 건물은 4층인데 일층이 주차장이다. 그런데 지금 일층에서 공사를 하느라 시끄러웠다.

대기하고 있던 고선우가 다가와서 고방아에게 할리의 키를 건네주었다.

"수리가 끝나서 가져다 놓았습니다."

고방아가 둘러보니 건물 입구 옆에 자신의 애마 할리데이비슨XL1200커스텀이 예쁜 모습으로 방긋 웃고 있다.

고방아는 마치 오랫동안 헤어졌다가 다시 만난 연인을 대하듯 애정 어린 눈빛으로 할리를 한 바퀴 돌면서 찬찬히 살펴보았다.

텐쵸오의 랜드로버에 받치고 밀려서 만신창이가 됐던 할리가 이렇게 듬직한 모습으로 돌아와 준 것을 보니까 가슴이 따스해졌다.

"할리 같이 안 탈래?"

고방아가 고선우에게서 헬멧을 받아 쓰면서 연달아에게 툭 한마디 던졌다.

연달아는 빙그레 미소 지었다.

“잘 가르쳐 다오.”

“염려 붙들어 매셔.”

그럴 줄 알았다는 듯 고선우가 연연화에게서 헬멧 하나를 받아 연달아에게 씌워주었다.

그걸 보고 고방아가 씩 미소 지었다.

“빈틈이 없군.”

고선우는 대답 대신 가볍게 고개를 숙여 보였다.

고방아는 손가락으로 자기 가슴과 연달아의 가슴을 번갈아 쿡 찌르며 일러주었다.

“내가 라이더고 당신이 탠덤자야. 우리 둘이 타는 것을 탠덤투어링이라고 하지.”

연달아는 고개를 끄덕였다.

“라이더, 탠덤자, 탠덤투어링.”

“내가 시키는 대로 해야 돼. 라이더와 탠덤자는 정확하게 한 몸이 돼야 하는 거야.”

‘한 몸’이라는 말이 조금 이상하게 들리겠지만 고방아는 개의치 않았다.

하지만 연달아가 희미하게 미소 짓는 것을 보고 괜히 같이 타자고 그랬나 싶어서 조금 후회가 들었다.

그녀는 시트에 올라앉아 두 다리를 벌려 양 발바닥으로 바닥을 디뎌서 지지대 삼으며 할리를 똑바로 고정시켰다.

“뒤에 타.”

연달아가 어깨에 멘 케이스를 풀고 뒷자리 탠덤에 올라앉자 고방아가 지시했다.

“출발하면 두 손으로 내 어깨를 가볍게 잡고 엉덩이에 힘을 주면서 당신의 두 다리를 내 두 다리에 밀착시키면서 가볍게 힘을 주면서 조여줘. 그걸 니그립이라고 해.”

그때 고선우가 할리 뒷부분에서 스위치를 누르더니 뭔가를 위로 잡아당겼다.

끼리릭!

그러고서 딱 고정시키니까 멋진 등받이가 됐다.

고방아는 고선우의 그런 세심한 배려가 점점 더 마음에 들었다.

어젯밤에 넷이서 죽도록 퍼마신 후부터 그녀는 고선우와 연연화가 남처럼 느껴지지 않았다.

“잘 따라와.”

“출발하십시오.”

고방아의 말에 고선우는 싱긋 미소를 지었다.

투투퉁—

할리가 묵직한 배기 음을 토해내며 먼저 출발하자마자 연연화가 운전하는 마이바흐가 미끄러지며 다가와서 고선우를 태웠다.

할리와 마이바흐가 골목을 벗어나는 광경을 그때까지도 사람들은 지켜보고 있었다.

"입력했어? 어디야?"

고선우는 안전벨트를 매면서 눈으로는 내비게이션을 보며 물었다.

고방아가 강 형사에게 전화를 받고 있을 때 연연화는 강남 경찰서장 유도한에게 전화를 받았다. 고방아와 연연화가 받은 내용은 같았다.

"테헤란로 역삼역 근처 광도빌딩이야."

"무슨 파야?"

"광도파라는데, 새로 급부상한 신진 조직인가 봐. 반년 전에 강남을 접수했대."

"처음 들어보는데?"

"서장 말로는 원래 강남 일대를 장악한 조직은 직지파였는데 반년 전에 광도파가 직지파를 박살 내고 영역을 고스란히 접수했다더군."

"광도파? 왠지 다꽝 냄새가 나는 것 같지 않아?"

쿠투투투투—

"제법인데?"

고방아는 뒤에 탄 연달아를 백미러로 보면서 씨익 미소 지었다.

"말 타는 것하고 비슷하다."

고방아는 말은 안 타봤지만 연달아의 말을 듣고 보니 그럴 것 같기도 했다.

오토바이에 둘이 함께 타는 탠덤투어링의 경우에 뒷자리의 탠덤자는 그냥 가만히 앉아 있으면 될 것 같지만 사실은 그렇지가 않다.

예를 들어 라이더가 우회전을 할 때 몸을 오른쪽으로 숙이면 탠덤자도 같이 숙여주되 같은 각도여야 한다. 지나치게 많이 숙이든가 몸을 세우거나 반대 방향으로 틀면 오토바이가 쓰러지고 만다.

그런 점에서 연달아는 매우 능숙하게 고방아와 한 몸이 되고 있는 것이다.

"이 근처 어딜 텐데……."

강남 지리에 익숙하지 않은 고방아가 역삼역 근처에서 광도빌딩을 찾지 못하고 두리번거렸다.

빵—

그때 연연화가 운전하는 마이바흐가 고방아를 스쳐 지나면서 짧게 클랙슨을 울렸다. 따라오라는 뜻이다.

마이바흐는 역삼역을 지나쳐서 강남역 쪽으로 3백 미터쯤 더 가다가 2차선으로 우회전했다.

그리고는 다시 일방통행으로 우회전하고 나서 그리 크지 않은 7층 건물 앞 도로변에 멈췄다. 고방아 혼자였다면 찾지 못했을 위치다.

고방아와 연달아가 내려서 건물 입구로 걸어가 보니 입구에 '광도빌딩' 이라는 반짝이는 금박의 팻말이 붙어 있다.

고방아는 자기가 여길 찾는지 어떻게 알았느냐고 고선우와 연연화에게 구태여 묻지 않았다.

적이라면 모르지만 한 팀끼리니까 어쨌든 제대로 찾아왔으면 된 것이다.

고방아가 건물을 대충 훑어보니 광도빌딩의 지하와 일층에서 3층까지는 룸살롱이고 그 위는 안마시술소인데, 맨 꼭대기 층은 아무런 표시가 없이 전체 창문에 짙은 선팅만 되어 있었다.

건물 입구 안쪽 벽면에 붙어 있는 안내판을 보니까 꼭대기인 7층은 '광도실업' 이라고 되어 있다.

"흥! 이놈들은 실업자인 모양이군."

저벅저벅.

고방아는 구두 소리를 내면서 엘리베이터로 걸어가며 가볍게 코웃음을 쳤다.

그녀는 오른쪽에서 나란히 걸으며 환두대도 케이스를 다시 어깨에 메고 있는 연달아에게 일러주었다.

"당신 말이야, 묵인자 부하 외에는 사람을 함부로 죽여선 안 돼. 알았지?"

연달아는 말없이 고개를 끄덕였다.

고방아는 엘리베이터를 기다리면서 뒤에 서 있는 고선우와 연연화에게 들으라는 듯 말했다.

"내 작전은 광도파 놈들을 족쳐서 블랙스파이더의 아지트를 알아내는 거야. 그러니까 대충 겁만 주면 돼."

블랙스파이더 똘마니인 박동철이 박미진 강간 폭행 사건하고 연관이 있으면서 동시에 텐쵸오하고도 선이 닿아 있기 때문에 놈들의 아지트를 반드시 알아내야만 한다. 고방아는 블랙스파이더가 실마리라고 확신했다.

응.

연달아는 엘리베이터를 타고 또 작동하는 법을 유심히 지켜보았다.

엘리베이터 문 앞에 연달아와 고방아가 나란히 서고 뒤에는 고선우와 연연화가 나란히 섰다.

땡―

스르.

이윽고 7층에서 엘리베이터 문이 열리자 바깥쪽에 서 있던, 한눈에 보기에도 건달 같은 우람한 체구의 두 명이 엘리베이터를 향해 돌아서고 있었다.

고방아는 튀어 나가면서 왼쪽 놈은 주먹으로 턱을, 오른쪽 놈은 발끝으로 명치를 가격하려고 했다.

퍽! 퍽!

"큭!"

"끅!"

그런데 그녀가 튀어 나가려는 순간 갑자기 둔탁한 소리와 건달들의 답답한 신음 소리가 동시에 나면서 놈들이 뒤로 벌렁 쓰러졌다.

쿵! 쿵!

고방아가 힐끗 뒤돌아보니까 연연화가 뻗었던 주먹을 거두고 있었다.

연연화의 가느다란 팔뚝이 유난히 희고 뽀얗게 느껴졌다. 더구나 주먹은 귀여울 정도로 앙증스러웠다.

그녀의 그 주먹이 우람한 체구의 건달 둘을 눈 깜짝할 사이에 꺼꾸러뜨렸다는 사실이 믿어지지 않았다. 더구나 그녀의 주먹은 건달들의 몸에 닿지도 않았다.

고방아가 쓰러져 있는 두 명의 건달을 쳐다보자 그들은 입에서 부글부글 거품과 침을 흘리며 기절한 상태다. 그리고 목젖 바로 아래 부위가 붉게 부어올라 있었다. 거길 가격당한 듯했다.

"가시죠."

엘리베이터 문이 닫히려고 하자 고선우가 손을 뻗어 문을 잡으며 공손히 말했다.

네 사람이 복도를 걸어가고 있는데 맞은편 문이 열리면서 여섯 명의 건달이 우르르 쏟아져 나왔다.

방금 두 명의 건달이 요란하게 나가떨어지는 소리를 들은 모양이다.

고방아는 이번에도 달려가려는 자세만 취하다가 말았다. 그녀의 곁으로 연연화가 쏜살같이 스쳐 지나며 달려나갔기 때문이다.

마주 달려오는 여섯 명의 건달은 맨손이다. 적의 기습이라고 예상하지 못해서 무기를 챙기지 못한 모양이다. 그러나 무기를 챙겼든 아니든 결과는 같을 것이다.

그들은 아담한 체구에 뽀얗게 생긴 예쁘장한 아가씨 하나가 갑자기 자신들을 향해 정면으로 똑바로 달려오자 멈칫하며 조금 어이없다는 표정을 지었다.

그런데 그 뽀얀 아가씨가 20미터 정도의 거리를 눈 깜짝할 사이에 좁혀오자 뒤늦게 움찔 놀랐다. 하지만 그때는 이미 늦었다.

연연화는 건달들의 5미터쯤 이르렀을 때 마치 권투선수가 혼자서 쉐도우복싱을 하듯 두 주먹을 전방을 향해 이리저리 뻗으며 달려들었다.

퍼퍼퍼퍽!

"큭!"

"캑!"

뒤를 이어 둔탁한 소리와 답답한 신음성이 한꺼번에 와르르 터졌다.

여섯 명의 건달은 주먹 한 번 써보지 못하고, 아니, 자기들이 무엇에 어떻게 당했는지도 모른 채 벌렁벌렁 쓰러졌다. 모두들 목젖 아래를 가격당했으며 역시 입에서 흰 거품과 침을 흘리고 있었다.

저벅저벅.

고방아와 연달아, 그리고 뒤에서 고선우가 복도를 걸어가고 있는데, 연연화가 혼자 문을 열고 안으로 들어갔다.

그리고 문 안쪽에서 마른 북어를 두드리는 소리가 요란하게 터져 나왔다.

퍼퍼퍽! 투다탁! 쿵! 퍼퍽!

세 사람이 문까지 걸어간 시간은 6, 7초 남짓이다. 그사이에 문 안쪽에서의 요란한 소리는 끝나 버렸다.

고선우가 열어주는 문으로 연달아와 고방아가 들어섰다.

안쪽은 넓은 응접실 같은 곳인데 온 사방에 건달들이 무더기로 쓰러져서 입에서 거품과 침을 흘리며 기절해 있고, 한가운데 아담한 연연화가 오도카니 서 있었다.

건달의 수는 열다섯 명쯤 됐다. 또한 그들은 하나같이 사시미 칼이나 일본도 따위를 쥐고 있었다.

그런데도 연연화의 상대는 되지 못했다. 역시 그녀는 런너의 디스트로이어다웠다.

응접실 한쪽 방향에 커다란 책상이 있는데, 그 너머에 한 명의 콧수염을 기른 40대 사내가 앉아 있었다. 척 보기에도 보스 같았다. 연연화는 그자 하나만 남겨두었다.

그런데 그는 정신이 나간 멍한 얼굴로 일어서지도 못하고 의자에 앉아 있었다. 연연화가 부하들을 청소하는 모습을 보고 충격이 컸던 모양이다.

연달아와 고방아는 5미터 정도의 거리를 두고 보스인 듯한 사내와 마주 섰다.

그때 보스가 상체를 조금 숙이는 것 같은 자세를 취했다.

고방아는 그가 서랍이나 책상 어딘가에 숨겨둔 권총 같은 무기를 꺼내는 것이라 직감하고 때는 이때다 싶어서 재빨리 오른손을 허리의 USP로 가져갔다.

팍!

그러나 그녀는 USP를 뽑지 못했다. 연연화의 손이 가볍게 휘둘러지더니 그녀에게서 한줄기 흰 빛이 뿜어져 보스의 오른손을 맞추는 것을 보았기 때문이다.

"으악!"

퉁!

보스는 비명을 지르면서 오른손에 쥐고 있던 베레타M9를 책상에 떨어뜨렸다.

그의 오른 손등에는 한 뼘 길이의 길쭉하고 뾰족한 쇠붙이가 꽂혀 있었다.

보스는 일그러진 얼굴로 연달아와 고방아 등을 보며 중얼거렸다.

“なんだ, こいつら(뭐야, 이 자식들)?”

고방아는 뜻밖이라는 표정을 지었다.

‘쪽바리잖아?’

광도파 보스가 일본인이라는 것은 전혀 예상하지 않았던 의외의 사실이다. 강 형사도 그런 말은 일체 없었다.

하지만 고방아는 텐쵸오와 일본인 보스를 연결하니까 딱 뭔가 나오는 그림이라고 생각했다.

즉, 텐쵸오가 일본 야쿠자를 데리고 와서 강남 일대를 장악해 버린 것이다.

“이것들 봐라?”

그렇다면 이야기가 재미있게 풀린다.

“天鳥今どこにいるのか(텐쵸오 지금 어디에 있느냐)?”

보스는 흠칫 놀라는 듯했다. 그러나 곧 고개를 세차게 가로저었다.

“しらない. あいつは誰だ(모른다. 그가 누구냐)?”

휙!

그때 연연화가 보스를 향해 번쩍 몸을 날렸다 싶은 순간, 어느새 그의 뒤에 소리없이 내려섰다.

"억!"

보스가 깜짝 놀라는데 연연화는 놀랍도록 빠른 동작으로 보스의 양팔을 잡고 뒤로 꺾었다.

우두둑!

"끄아악!"

그리고는 발끝으로 보스의 무릎 뒤쪽을 짧게 걸어찼다.

빠각! 빡!

그것으로 보스는 양팔이 부러지고 양쪽 무릎이 으스러졌다.

연연화는 한 손으로 보스를 번쩍 들어서 책상 너머로 가볍게 팽개쳤다.

쿵!

"흑!"

보스는 고방아와 연달아 앞에 묵직하게 나뒹굴었다.

일본 관서 지역에서 닳고 닳은 야쿠자인 보스지만 이 순간만큼은 공포에 질려서 얼굴이 사색이 됐다.

연연화는 아무 말도 하지 않고 이쪽으로 걸어나왔다. 하지만 고방아는 그것이 '이제 물어보십시오' 라는 뜻이라는 것을 깨달았다.

고방아는 광도파, 아니, 일본 명으로 '히로시마구미'의 보스에게서 블랙스파이더에 대해서 알아내지 못했다.

그러나 그 대신에 다른 것을 알아냈다. 텐쿄오가 있는 곳은 모르지만, 제5수행자 솔저(Soldier)가 머물고 있다는 장소를 알아냈다.

하긴 야쿠자 보스 따위가 텐쿄오에 대해서는 모르고 있는 것이 당연했다. 그 정도 인물은 텐쿄오에겐 똘마니에 불과할 테니까 말이다.

그리고 서울을 비롯한 국내 5대도시에 진출해 있는 야쿠자 조직에 대한 정보도 알아냈다.

그 조직들 역시 텐쿄오의 똘마니라는 것이다. 모르긴 해도 그놈들은 전국 5대도시를 장악했거나 장악하는 중일 것이다.

블랙스파이더에 대한 것은 알아내지 못했지만 그것만으로도 큰 수확이다.

고방아는 강 형사에게 전화를 하면서 복도로 나섰다.

"여기 와보면 알아. 뒤처리 부탁할게."

그런데 엘리베이터에서 내려 이쪽으로 걸어오고 있는 세 명의 사내를 발견했다.

한눈에도 조폭처럼 보이는 사내들인데, 고방아 등을 보더니 움찔 그 자리에 멈췄다.

"너희는 뭐냐?"

고방아가 걸어가면서 묻자 세 사내는 주춤주춤 뒤로 물러
서며 아무 말도 하지 않았다. 고방아와 연달아 등의 기세에
적잖이 주눅이 든 모습이다.

더구나 이곳은 광도파 본거지인데 버젓이 걸어나오면서
큰소리를 치니 더욱 기가 질렸다.

연연화가 튀어 나가려는 것을 고방아가 손을 들어 제지하
며 말했다.

"뭐냐고 물었다."

그러면서 그녀는 가죽점퍼를 슬쩍 들고 허리 권총 벨트의
USP를 잡았다.

순간 세 사내는 기겁을 해서 뚝 걸음을 멈추었다. 그리고
한 사내가 급히 외치듯이 말했다.

"저… 희는 사업 때문에……."

"이 자식들아! 쪽바리들하고 무슨 사업을 한다는 거야?"

"네? 그, 그것은……."

고방아가 다 알고 들이대자 사내는 전전긍긍했다.

잠시 후에 사내들은 모든 것을 이실직고했다. 그들은 반년
전까지만 해도 강남을 쥐고 흔들었던 직지파 조직원들이고, 그
중 한 사내가 직지파 보스였다. 조금 전에 연연화에게 팔다리
가 박살 난 히로시마구미 보스가 불러서 급히 왔다는 것이다.

"이름이 뭐냐?"

“네? 지, 직지입니다. 신직지.”

이상한 이름이다. 하여튼 그래서 그들의 조직명이 직지파였던 모양이다.

고방아는 신직지에게 다가가 발끝으로 정강이를 툭툭 걸어차면서 말했다.

“직지야.”

“네.”

“앞으로는 조직 관리 잘해라, 응? 쪽바리들한테 영역 뺏기는 쪽팔리는 짓 당하지 말고.”

“……”

신직지는 무슨 뜻인지 몰라 겁먹은 얼굴에 어리둥절한 표정을 지었다.

고방아는 문득 생각나는 것이 있어서 신직지에게 물었다.

“너, 블랙스파이더라는 애들 아니?”

“아, 압니다.”

“그으래?”

신직지에게 블랙스파이더에 대해서 자세히 알아낸 후에 고방아 일행이 엘리베이터를 타자 신직지 등은 구십 도로 허리를 굽혀 인사했다.

고방아는 그들이 광도파가 초토화된 광경을 보고 어떤 표정을 지을지 상상하며 희미한 미소를 지었다.

고방아는 우선 텐쵸오의 제5수행자 솔저가 있다는 청담대로의 프린스호텔로 가기로 했다.

잔챙이 블랙스파이더보다는 텐쵸오가 훨씬 더 무게가 나가기 때문이다.

히로시마구미 보스는 텐쵸오의 솔저가 프린스호텔 몇 호실에 있는 것까지는 알지 못했다.

프린스호텔에 도착한 고방아는 좀 난감한 표정을 지었다. 솔저의 인상착의나 이름이라도 알면 찾아내기가 수월할 텐데 아는 것이 아무것도 없기 때문이다.

즉, 그 말은 히로시마구미 보스도 솔저에 대해서 아는 것이 없다는 뜻이다.

그런데 연달아가 호텔 일층 플로어를 두리번거리는 것을 발견한 고선우가 공손히 물었다.

"무얼 찾으십니까?"

"위로 올라가는 상자."

고선우는 즉시 한쪽 방향을 가리켰다.

"엘리베이터는 저쪽입니다."

고방아는 연달아의 말을 듣고 의아한 표정을 지었다.

"왜 그래?"

"놈이 있는 곳을 안다."

“어떻게⋯⋯.”

고방아는 어떻게 아느냐고 물으려다가 그만두었다. 그는 런너이기 때문이다.

연달아는 아직 자신의 능력이 어느 정도인지 모르고 있다. 하나씩 깨닫고 또 터득하는 중이다.

지금 그가 하는 행동을 보면 런너나 5수행자가 있는 곳을 본능적으로 감지하는 것 같았다.

“몇 층이야?”

엘리베이터 안에서 고방아가 묻자 연달아는 엘리베이터 천장을 올려다보면서 무엇인가를 감지하는 듯한 표정으로 침묵을 지켰다.

“아래다.”

“아래?”

그런데 그가 불쑥 엘리베이터 바닥을 가리키자 고방아는 어리둥절해졌다. 아래쪽에는 객실이 없기 때문이다.

고선우가 즉시 말했다.

“놈은 지하주차장에 있는 것 같습니다.”

“그렇군.”

제21장

떴다 고방아

RUNNER
런너

　　지하 2층 주차장에 내린 연달아 일행은 빠르게 걸어나오면
서 재빨리 주위를 살펴보았다.

　　그때 많은 차들이 주차된 곳에서 한 대의 고급 승용차가 미
끄러지듯이 빠져나오자 연달아 등의 시선이 일제히 그곳으로
집중됐다.

　　그런데 그 차의 운전자가 힐끗 이쪽을 보고는 갑자기 핸들
을 꺾는가 싶더니 반대편 출구 쪽으로 쏜살같이 차를 몰았다.

　　끼아아악!

　　"저놈이다!"

고방아가 소리치면서 어느새 USP를 뽑아 오른손에 쥐고 승용차를 겨누었다.

그와 동시에 연연화가 승용차를 향해 총알처럼 달려나갔다.

"죽이면 안 됩니다!"

텐쵸오의 행방을 알아내기 위해서는 죽이면 안 된다고 고선우가 일깨워 주자 그녀는 권총을 겨눈 채 소리쳤다.

"그럼 어떻게 해? 이대로 놓쳐?"

그때 연달아가 이미 출구로 올라가고 있는 승용차를 향해 불쑥 오른손을 내밀었다.

그러자 빠른 속도로 출구의 경사면을 달려 올라가던 승용차가 갑자기 멈칫했다.

키가가가각—

그러더니 승용차가 서서히 뒤로 끌려오기 시작했다. 뒤 타이어가 맹렬하게 회전하면서 뽀얀 연기를 일으켰고, 타이어와 노면의 마찰음이 지하 주차장을 울렸다.

쾅!

그때 승용차 운전석에 도착한 연연화가 오른팔을 쭉 뻗어 창을 박살 내는 것과 동시에 주먹으로 운전자의 관자놀이를 가격했다.

그리고는 운전자의 목을 잡아 박살 난 창을 통해서 밖으로 홱 잡아 끌어냈다.

승용차는 그대로 멈칫하더니 앞으로 총알처럼 달려나갔다.

운전자, 즉 솔저는 밖으로 끌려 나오는가 싶더니 갑자기 연연화를 향해 오른손을 휘둘렀다. 그의 손에서 반짝이는 물체가 보였다.

패액!

연연화는 슬쩍 허리를 굽혀 간단하게 피했다.

솔저의 오른손에 쥐어져 있던 40㎝ 길이의 칼이 허공을 가르는 순간 연연화의 왼 주먹이 솔저의 복부에 꽂혔다.

콱!

솔저의 왼손이 품속에서 나와 연연화를 향하다가 복부를 강타당하는 바람에 멈추었다. 그 손에는 소음기가 부착된 권총이 쥐어져 있었다.

연연화는 오른손으로 솔저의 목을 움켜잡은 채 왼 주먹으로 그의 얼굴과 상체를 속사포처럼 갈겼다.

투투투툭!

그리고는 피범벅이 된 솔저를 질질 끌고 연달아에게 달려와 바닥에 내던졌다.

솔저는 단지 정장 차림에다가 건장한 체구의 남자라는 것만 알 수 있었다. 하도 맞아서 얼굴이 짓이겨져서 용모나 나이는 식별할 수 없었다.

솔저가 몰았던 승용차는 저만치 기둥을 들이받은 채 멈춰 있었다.

고선우가 솔저의 양손에서 권총과 칼을 빼앗고 주머니에서 은색의 띠를 꺼내 솔저의 두 손을 뒤로 돌려서 묶고 두 발도 결박했다.

"텐쵸오다!"

그때 연달아가 갑자기 소리쳤다. 텐쵸오의 위치를 감지했다는 뜻이다.

"어디야?"

고방아가 다그쳤다.

연달아는 정면 위쪽 허공을 뚫어지게 주시하면서 뭔가를 감지하려고 노력했다.

"차를 타고 다리를 건너고 있다."

"어디냐고? 무슨 다리야?"

영리한 고선우가 재빨리 말했다.

"텐쵸오도 이곳 프린스호텔에 묵고 있었던 것 같습니다. 여기서 가장 가까운 다리라면 청담대교입니다!"

"오케이!"

투타타타―

고방아의 할리가 전속력으로 달려 청담대교로 향하다가 신호에 걸렸다.

그러나 다급한 그녀의 눈에 신호가 보일 리 만무했다. 청담대교를 건너온 수백 대의 차량이 영동대로를 향해서 좌회전하고 있는데 고방아는 할리를 몰고 그대로 청담대교 쪽으로 좌회전해서 달렸다.

쿠투투투퉁—

차량들이 급정거를 하고 피하느라 아비규환이 벌어졌다. 하지만 고방아는 차량 사이를 요리조리 빠져나가 청담대교를 향해 유유히 달려갔다.

"어디 있어? 그년 보여?"

고방아는 뒤에 타고 있는 연달아를 백미러로 쳐다보면서 다그쳤다.

연달아는 청담대교 전방을 뚫어지게 주시하면서 아무 말도 하지 않았다.

고방아는 속이 바짝바짝 탔다. 연달아가 어떤 방법으로 텐쵸오의 행적을 감지하는지는 모르지만 그가 빨리 알아내기를 빌었다.

고방아 뒤에 마이바흐는 따라오지 않고 있었다. 그녀의 할리가 신호를 무시하면서 달렸다고 해서 마이바흐까지 그렇게 하지는 못했다.

"저기!"

고방아의 할리가 청담대교를 거의 다 건너갈 즈음에 연달아가 갑자기 오른쪽을 가리켰다.

그쪽 방향은 직진이 아니라 청담대교 북단에서 우회전을 한 강변북로다.

"어떤 차야?"

"저 차다! 검은색!"

연달아가 손으로 가리켰으나 고방아 쪽에서 보는 각도가 다르기 때문에 어떤 차인지 알 수가 없다.

아니, 설사 알 수 있다고 해도 연달아가 가리키고 있는 곳은 최소한 5백 미터 이상의 거리다. 고방아의 눈에 그게 보일 리가 만무했다.

그때 고방아 휴대폰이 울렸다.

"어디십니까?"

휴대폰에서 고선우의 목소리가 흘러나왔다.

"청담대교 북단에서 강변북로를 따라 잠실대교 방향으로 가고 있다."

"알겠습니다."

다른 도로하고는 달리 강변북로는 갓길이 널찍하다. 고방아는 갓길에서 무인지경으로 전속력으로 달려갔다.

쿠타타타—

"저 차다."

이윽고 얼마쯤 달리다가 갑자기 연달아가 왼쪽 전방을 가리키며 말했다.

고방아가 쳐다보니 검은색 렉서스430이다. 창에 짙게 선팅을 했지만 뒷자리에 비스듬히 눕듯이 기대앉아 있는 텐쵸오의 모습이 보였다.

"흥! 이년, 너 오늘 나한테 죽어봐라."

그녀는 오른손으로 품속의 시그자우어를 뽑으면서 코가 떨어지게 냉소를 쳤다.

"핸들 꽉 잡고 똑바로 가!"

"핸들이 뭐냐?"

탁탁!

"이거! 두 손으로 꽉 잡고 똑바로 가면 돼!"

연달아는 고방아의 양쪽 겨드랑이 아래로 두 손을 뻗어 핸들을 잡았다.

고방아는 운전을 완전히 연달아에게 일임한 채 상체를 왼쪽으로 틀어 왼손 팔뚝 위에 시그자우어 총신을 얹고 가늠자에 오른쪽 눈을 갖다 댔다.

푸슝!

다음 순간 시그자우어 총신이 번쩍 불을 뿜었다.

텐쵸오가 탄 렉서스430은 방탄유리다. 하지만 삼족오탄 앞
에서는 무력했다.

렉서스430의 조수석 창에 구멍이 뻥 뚫리면서 운전석의 사
내 오른쪽 관자놀이가 퍽 관통되면서 운전석 창에 피가 확 뿜
어졌다.

그가 풀썩 얼굴을 핸들에 묻자 렉서스430이 갈지자를 그리
며 비틀거렸다.

텐쵸오가 움찔 놀라면서 급히 기댔던 시트에서 상체를 떼
며 창밖을 내다보며 누굴 찾고 있는 모습이 고방아의 눈에 똑
똑히 보였다.

푸슝!

시그자우어가 두 번째 불을 뿜었다.

두리번거리던 텐쵸오는 창밖으로 고방아와 연달아를 발견
하고는 순간적으로 눈이 동그랗게 커졌다가 급히 상체를 뒤
로 젖혔다.

팍!

재빨리 피한 덕분에 그녀는 목숨을 건졌다. 그러나 뒤 창문
을 깨고 들어온 삼족오탄은 그녀의 오른쪽 뺨을 길게 찢어놓
았다.

고방아는 텐쵸오를 죽일 생각이 없었다. 단지 부상을 입혀
서 무력하게 만든 다음에 제압하려는 의도다.

"나 하는 것 봤지? 저년에게 갈겨!"

고방아는 갑자기 시그자우어를 연달아에게 주면서 자기가
핸들을 잡았다.

엉겁결에 시그자우어를 건네받은 연달아는 권총과 렉서스
430을 번갈아 쳐다보았다.

"뭐해? 갈기라니까!"

부타타타ㅡ

고방아가 갑자기 속력을 내서 왼쪽 차선으로 끼어들어 렉
서스 쪽으로 다가가면서 버럭 외쳤다.

다음 순간 고방아의 뒤통수 부위에서 천식 환자의 기침 소
리가 터져 나왔다.

컥컥컥컥컥!

퍼퍼퍽! 콰창!

연달아는 렉서스430을 향해 시그자우어 탄창에 남은 열세
발을 모조리 발사했다.

그 바람에 렉서스430은 벌집이 되어 창이 깨지고 구멍이
퍽퍽 뚫렸다.

"잘했어!"

고방아의 할리가 렉서스430 옆으로 바짝 다가붙을 때 갑자
기 렉서스의 지붕이 뚫리며 붉은 물체가 쏜살같이 위로 솟구
쳤다.

콰직!

"저년 잡아!"

고방아가 소리 지르는 것보다 더 빨리 그녀의 뒤에서 연달아가 번쩍 붉은 물체를 향해 날아갔다.

붉은 물체, 즉 붉은 원피스에 선글라스를 낀 텐쵸오는 뚫고 나온 렉서스430 지붕에서 5미터쯤 높이에서 힐끗 연달아를 보더니 왼쪽으로 방향을 꺾어 날아갔다.

연달아는 오른손의 시그자우어를 야구점퍼 안주머니에 쑤셔 넣고 어깨에 메고 있는 환두대도를 뽑았다.

차앙!

그와 텐쵸오의 거리가 좁혀지자 그는 환두대도를 머리 위로 치켜들었다.

그 순간 느닷없이 아래쪽에서 달리던 승용차 두 대가 번쩍 허공으로 떠오르면서 팽그르르 회전하며 연달아 앞을 가로막았다.

텐쵸오가 승용차를 띄워서 연달아의 추격을 방해하고 있는 것이다.

연달아는 주춤했다. 허공으로 떠오른 두 대의 차 안에 타고 있는 사람들이 경악하고 있는 모습이 똑똑하게 보였다.

그대로 내버려 두면 크게 다치거나 죽을 것이라는 생각이 머리를 스쳤다.

“앗!”

그러나 할리는 달리는 속도 때문에 멈추지 못하고 곧장 방음벽을 향해 돌진했다.

연달아가 오른손에 쥐고 있던 환두대도를 전방을 향해 열십자로 그었다.

스퍽!

방음벽 위쪽 플라스틱 유리가 박살 나는 것과 동시에 할리의 앞바퀴가 번쩍 들리며 그곳을 통해 방음벽 바깥으로 튀어 나갔다.

“우아……!”

방음벽 바깥 허공에 뜬 할리에서 고방아가 10미터쯤 아래를 보며 눈을 동그랗게 떴다.

맞은편은 무슨 교회 건물인데 엄청나게 컸다. 그대로 있다가는 교회 벽에 충돌하고 말 것이다.

그때 연달아가 왼손을 뻗어 고방아가 잡고 있는 핸들을 잡아 왼쪽으로 확 꺾었다.

그와 동시에 할리가 아래로 쑥 꺼지는가 싶더니 묵직하게 아스팔트에 내려섰다.

쿵!

“저쪽!”

그리고는 연달아가 할리가 내려선 방향 전방을 가리켰다.

잠시 멍해 있던 고방아는 후다닥 정신을 차리고 그가 가리킨 방향으로 전속력으로 달려갔다.

투투투투―

할리는 광진플라시티라고 하는 아파트 단지 안으로 느릿하게 굴러들어 갔다.

"멈춰."

고방아가 할리를 멈추고 연달아가 뛰어내릴 때 그녀의 휴대폰이 울렸다.

"광진플라시티 아파트."

고방아는 아파트 건물을 올려다보고는 고선우에게 짧게 말하고 끊었다. 그리고 허리 벨트에서 USP를 뽑아 오른손에 단단히 그러잡았다.

연달아는 도로를 벗어나 정원 쪽으로 성큼성큼 걸어갔고 고방아가 뒤를 바짝 따랐다.

갑자기 연달아가 왼팔을 뻗어 고방아의 가느다란 허리를 덥석 안았다. 그리고는 달리기 시작했다.

쉬이익!

아니, 달리는 것이 아니라 총알처럼 빠르게 거의 날아가는 수준이다.

삭―

연달아가 멈춘 곳은 단지 반대쪽에 위치한 경로당 입구 앞이다.

고방아는 텐쿄오가 다급한 나머지 경로당 안에 숨었다는 사실을 짐작했다.

연달아가 고방아의 허리를 안은 채 그녀를 땅에 내려주고 있을 때 등 뒤에서 누가 불렀다.

"잠깐만요!"

고방아는 힐끗 돌아보고는 대수롭지 않은 표정을 지었다.

연연화가 달려오고 있었던 것이다.

고방아가 다시 경로당을 쳐다보려고 하는데 연달아가 그녀에게 속삭였다.

"연화가 아니다. 텐쿄오의 수행자다."

"……!"

고방아는 정신이 번쩍 들었다. 그렇다. 조금 전에 고선우에게서 전화가 왔는데 그들이 벌써 여기까지 왔을 리가 없다.

고방아는 뛰어오는 연연화를 향해 웃어 보였다.

"빨리 왔구나."

그러면서 오른손의 USP를 재빨리 그녀에게 겨누며 싸늘하게 외쳤다.

"그렇게 빨리 죽고 싶었냐?"

퓨욱! 퓨욱! 퓨욱!

달려오던 연연화는 졸지에 왼쪽 다리와 옆구리에 삼족오 탄을 맞고 주춤하더니 번개같이 옆으로 몸을 날려 아파트 모퉁이 뒤로 사라져 버렸다.

고방아가 쫓으려고 하는 것을 연달아가 그녀의 허리를 놔주지 않았다. 가지 말라는 뜻이다.

"텐쵸오나 잡아!"

그러나 고방아는 그의 손을 뿌리치며 연연화, 아니, 텐쵸오의 수행자가 사라진 방향으로 달려갔다.

연달아는 고방아를 물끄러미 바라보다가 그녀가 사라지자 이윽고 경로당의 문을 밀고 들어갔다.

끼익.

문이 열리고 노인들에게서 나는 특유의 냄새가 연달아에게 확 끼쳐 왔다.

연달아가 들어섰지만 노인들은 아무도 그에게 시선을 주지 않고 제 할 일에만 몰두하고 있었다.

할머니들은 윷놀이를, 할아버지들은 화투판을 벌여놓고 소리를 지르고 있었다.

무슨 단지 내의 작은 위로 잔치라도 열렸는지 부침개와 막걸리가 놓여 있고 분위기가 흥청거렸다.

노인들은 대략 20여 명쯤인데 너덧 팀이 모여서 왁자하게 떠들었다. 누가 설사를 했다고 소리치고, 누군 '윷이야!' 하고 손뼉을 쳤다.

연달아는 노인들이 보면 놀랄까 봐 환두대도를 케이스에 넣고 천천히 안으로 걸어 들어가며 찬찬히 주위를 살폈다.

어디에도 텐쵸오의 모습은 보이지 않았다. 하지만 연달아는 그녀가 이곳에 있는 것을 확신했다.

어떻게 아는지는 모르지만 그는 수행자들의 감(感)을 간파할 수 있다고 자신했다. 아마도 그것 역시 런너 고유의 능력일 터이다.

고방아가 추격한 여자, 즉 연연화로 변신했던 자는 아마도 텐쵸오의 제2수행자인 정령(精靈)일 것이다.

정령은 가디언에 버금가는 능력을 지녔다. 카멜레온처럼 모습을 마음대로 변화시키는 것은 물론이고 가까운 범위 내에서의 공간이동이나 물체를 투과하기도 한다.

그때 연달아의 시선이 한쪽 구석으로 향했다. 누가 이불을 머리끝까지 덮은 채 누워 있는 모습이다. 그는 천천히 그쪽으로 걸어갔다.

그런데 불룩했던 이불이 갑자기 스르르 꺼졌다. 이불 안에 있던 물체가 갑자기 사라진 듯한 현상이다.

스으.

경로당 뒤쪽에서 하나의 붉은 물체가 벽을 투과하여 밖으로 나오고 있었다.

붉은 물체 텐쵸오는 벽을 거의 빠져나왔다가 바로 옆에서 누가 벽을 통과하는 것을 발견하고 움찔 놀랐다.

뉴욕양키즈 점퍼가 눈에 띄자 그녀는 뒤도 돌아보지 않고 냅다 도망쳤다.

텐쵸오는 시속 100km 이상의 속도로 달리면서 아파트 단지 내 곳곳을 누볐다.

허공으로 솟구쳐도 연달아를 떼어내지 못할 것이라고 판단한 그녀는 아파트단지 내의 지형지물을 최대한 이용하여 그를 떨쳐 내려고 안간힘을 썼다.

하지만 일개 가디언이 점점 전능의 능력을 깨우쳐 가고 있는 연달아를 이길 수는 없다.

어디를 가든 어디에 숨든 그림자처럼 따라오는 연달아 때문에 텐쵸오는 미쳐 버릴 지경이다.

"하악, 학학학!"

마침내 그녀는 어느 아파트 건물 ㄴ 자로 구석진 곳에 몰려서 더 이상 도망치지 못하고 급하게 숨을 몰아쉬었다.

붉은 원피스를 입고 선글라스를 끼었으며 보석으로 치장한 그녀는 땀을 비 오듯이 흘리면서 연달아를 쏘아보았다.

몸에 찰싹 붙는 원피스를 입은 탓에 그녀는 늘씬한 몸매가 고스란히 드러난 모습이다.

묵인자의 서른여섯 명의 자식 중에 한 명이라는 신분이 아

니라면 눈이 번쩍 뜨일 정도의 미모와 몸매로 연예계에서 크
게 한가락 할 정도였다.

그녀가 가쁜 숨을 몰아쉬는 바람에 풍만한 유방이 쉴 새 없
이 오르락내리락했다.

그녀의 오른쪽 뺨에는 관자놀이에서 입가에 이르기까지
길게 찢어진 핏자국이 있었다. 아까 고방아의 삼족오탄에 스
친 자국이다.

연달아는 천천히 그녀에게 걸어가며 어깨의 환두대도 손
잡이를 잡았다.

"나를… 죽일 거냐?"

문득 텐쵸오 눈가에 두려움이 스쳤다. 그리고 목소리는 떨
렸다. 그녀는 도저히 연달아 수중에서 도망칠 수 없다는 사실
을 깨달은 것 같았다.

"네 아버지는 고구려에서 돌아왔느냐?"

"……."

연달아가 불쑥 묻자 텐쵸오는 움찔 놀라면서 아무 말도 하
지 못했다.

그러다가 잠시 후에 무거운 신음 소리를 내면서 그를 노려
보았다.

"음, 너는 마침내 너의 5수행자들을 만난 모양이로구나."

그랬기 때문에 텐쵸오의 아버지가 누군지, 그리고 고구려

에 있다는 사실을 알았을 것이라고 짐작한 것이다.

"네 아버지는 지금 어디에 있느냐?"

연달아는 텐쿄오에게 한 걸음 더 다가가며 똑같은 내용을 물었다.

거리가 가까워지자 텐쿄오는 움찔하며 뒤로 더 물러나려고 했으나 안타깝게도 더 이상 물러날 곳이 없다.

스릉.

연달아는 텐쿄오하고 4미터 정도의 거리에서 천천히 환두대도를 뽑았다. 말하지 않으면 베겠다는 무언의 협박이다.

"아버님께선……."

텐쿄오는 급히 말을 꺼냈다.

연달아는 환두대도를 뽑다가 멈추고 다음 말을 기다렸다.

"아직 고구려에 계시다."

"광런녀를 죽였느냐?"

"그것까지는 모른다. 하지만……."

"하지만?"

"아직 돌아오시지 않은 것으로 봐서는… 광런녀를 죽이지 못하신 것 같다."

"광런녀를 죽이려는 것은 그의 '전능' 을 빼앗기 위함이냐?"

"그렇다고도 할 수 있다."

"…도 할 수 있다는 것은 다른 뜻도 있다는 것이냐?"

'여우같은 놈!'

연달아는 텐쿄오의 생각을 읽어내려고 노력했으나 뜻대로 되지 않았다. 아직은 가디언의 생각을 읽는 것은 무리인 것 같았다.

"아버님께선… 런너가 오직 한 사람이기를 원하고 계신다."

"그럼 이세민이 언젠가는 나도 죽이겠군."

텐쿄오가 입술을 잘근잘근 깨물면서 선글라스 안에서 눈동자를 굴리는 것이 보였다.

"물론 너도 언젠가는 반드시 아버님 손에 죽을 것이다."

연달아는 빙그레 미소 지었다.

"그건 힘들 것이다. 이세민은 원래 고구려 사람에겐 맥을 못 추니까 말이다."

"너도 고구려 출신 연속환생자냐?"

"천만에. 나는 고구려에서 직접 온 연개소문의 다섯째 아들이다."

"연개소문……."

선글라스 안의 텐쿄오의 눈이 동그랗게 커졌다. 몹시 놀라는 것이 분명했다.

당태종 이세민과 그의 자식들이 최대의 숙적인 연개소문

을 모른다면 말이 되지 않을 것이다.

당태종 이세민은 고구려를 정벌하기 위해서 친히 대군을 이끌고 출병했다가 연개소문에게 크게 패하여 겨우 목숨만 건져서 당나라로 도망치던 도중에 병을 얻어 결국 그 병 때문에 숨을 거두었다.

그러므로 연개소문은 이세민뿐만 아니라 그 자식들에게까지 이가 갈리도록 치가 떨리는 철천지원수인 것이다.

"그럼 너는……."

"나는 요동욕살이며 오골성주인 연달아다."

"오골성주… 죽일 놈."

텐쵸오, 아니, 장락공주는 1350여 년 전의 그 뼈아픈 기억을 되살려내고 원한으로 몸을 바들바들 떨며 연달아를 노려보았다.

그런데 그때 그녀의 원피스를 입은 왼쪽 허벅지를 따라 새빨간 피가 주르르 흘러내렸다.

텐쵸오는 움찔하며 양 허벅지를 잔뜩 오므리면서 다리를 내려다보았다.

"다쳤느냐?"

연달아가 묻자 그녀는 선글라스를 머리 위로 치켜 올리며 그를 차갑게 쏘아보았다.

"네가 나를 걷어차 놓고서 그렇게 묻는 것이냐?"

연달아는 자신이 그저께 강변에서 고방아를 구하는 과정에서 발등으로 힘껏 텐쵸오의 사타구니를 걷어찼던 것을 기억해 냈다.

가디언이라고 해도 런너에게 당한 부상은 쉽사리 치료되지 않는다. 런너에게 당한 부상을 쉽게 치료할 수 있는 사람은 런너뿐이다.

연달아는 자타가 인정하는 정인군자였다. 고구려에서의 그는 여자를 죽인 적이 없었다. 여자와 아이는 죽이지 않는다는 것이 그의 철칙이기도 했었다.

그런데 텐쵸오가 적이지만 급한 나머지 그녀의 음부를 걷어찼다는 사실이 조금 씁쓸했다. 태어나서 처음으로 여자를 공격했는데 하필이면 음부를 걷어찼던 것이다.

바로 그때 연달아와 텐쵸오에게서 대여섯 걸음 떨어진 아파트 모퉁이에서 대여섯 살쯤 된 한 명의 조그만 여자아이가 가방을 메고 아장아장 걸어나왔다. 단지 내의 유치원에서 집으로 가고 있는 듯했다.

연달아가 힐끗 여자아이를 쳐다보는 순간 텐쵸오가 번개같이 몸을 날렸다.

아차 하는 순간 텐쵸오는 여자아이를 한 팔로 들어 올려 가슴에 안으며 연달아를 위협했다.

"한 걸음이라도 가까이 오면 이 아이를 죽이겠다!"

연달아는 난감해져서 순간적으로 어떻게 해야 할지 몰랐
다.

· 퍽!

"흑!"

그때 무엇인가 반짝이는 작은 물체가 텐쵸오의 뒤통수에
서 이마를 관통하며 연달아에게 똑바로 날아왔다.

연달아는 재빨리 손을 내밀어 그것을 잡고 살펴보았다. 피
묻은 삼족오탄이었다.

텐쵸오는 울음을 터뜨리고 있는 여자아이를 놓으면서 힘
없이 옆으로 쓰러졌다.

연달아는 재빨리 다가가서 여자아이를 안았다.

그때 텐쵸오 뒤쪽에서 고방아가 오른손의 USP를 흔들면서
달려오며 환호성을 터뜨렸다.

"야호! 내가 텐쵸오를 잡았어!"

『런너』 제3권에 계속…

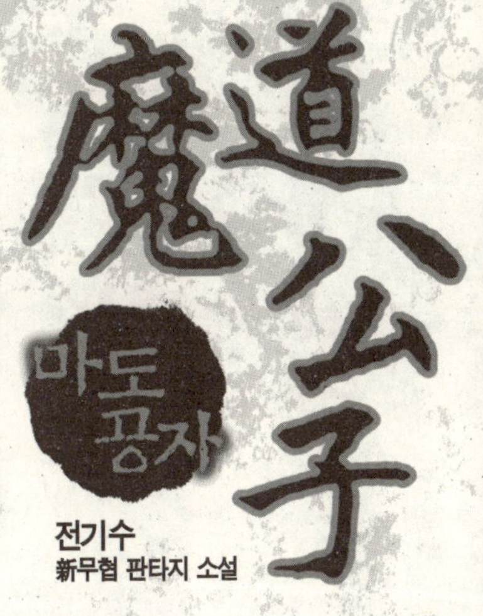

Book Publishing CHUNGEORAM

2011년 새해 청어람이 자신있게 추천하는 신무협!

봉마곡에 갇힌 세 마두. 검마, 마의, 독마군.
몇십 년 동안 으르렁대며 살던 그들에게 눈 오는 아침, 하늘은 한 아이를 내려준다.

육아에는 무식한 세 마두에 의해
백호의 젖을 빨고 온갖 기를 주입당하면서 무럭무럭 성장한 마설천!

세 마두의 손에서 자라난 한 아이로 인해 이변이 일어나고,
파란이 생기고, 이윽고 강호에 새로운 바람이 불어온다!

**마도를 뛰어넘어 천하를 호령할
마설천의 유쾌한 무림 소요기!**

1
목염 新무협 판타지 소설
천하장주
따분한 일상에서 도망친 낭인왕 을지혁.
어린 시절 동생들과 나눈 약속을 지키기 위해
귀현상의 낡은 장원을 새들여 가꾸어가는데……
내가 원하는 건 단란한 집인데 왜 이렇게 방해하는 이들이 많은가!
아무도 찾지 않는 귀현산 중턱의 낡은 장원. 그곳에서 천하를 뒤흔들 주인이 탄생한다!
나의 꿈을 방해하는 자, 그 목숨을 걸어라!
천하장주!

1월 0일

진호철 장편 소설

살아진다고 사는 것이 아니다.
스스로 살아야만 진정한 삶이다!

우주의 법칙마저 뛰어넘은 미증유의 힘, 반물질과의 만남.

1월 0일, 운명이 격변하는 날!
오늘은 새로운 삶의 시작이다!

Book Publishing CHUNGEORAM

유행이 아닌 자유추구 -
WWW.chungeoram.com

돈 빌려 드립니다
THE LOAN FOR JUSTICE
FUSION FANTASTIC STORY
The N 장편 소설
돈 빌려 드립니다
THE N 장편 소설
친구를 위해서 끌어다 쓴 사채. 그로 인해 죽음에 내몰린 남자.
절망의 끝에서 만난 신비로운 목소리가 그의 삶을 새롭게 이끄노니...
세상의 모든 더러운 돈과 전쟁을 선포한
가장 밑바닥에서부터 기어오른
한 사내의 이야기!
"그 돈, 제가 빌려 드리죠."
더러운 사채는 모두 사라져라.
이제 새로운 돈의 절대자가 탄생한다!
Book Publishing CHUNGEORAM
WWW.chungeoram.com